Für meine Mutter, Helga Bürkle, eine wahre Katzenkennerin

Bibliografische Information der Deutschen Nationalbibliothek: Die Deut-
sche Nationalbibliothek verzeichnet diese Publikation in der Deutschen
Nationalbibliografie; detaillierte bibliografische Daten sind im Internet
über dnb.dnb.de abrufbar.
© 2019 Karoline Antoni
Herstellung und Verlag: BoD – Books on Demand, Norderstedt
ISBN 9 783750 429956

Karoline Antoni

Viktor – Ein Katzenleben

Eine Biographie

Katzen sterben entweder jung oder sie werden ganz alt

Und Kater Viktor wurde ganz alt. 20 Jahre hat er in der Familie der Autorin gelebt. Natürlich hat er ihr beigebracht, seine Macken toll zu finden und zu zeigen, was ihm gerade genehm war. Wer Katzen kennt, wird nicht überrascht sein. Denn diese Charaktertiere auf Samtpfoten dressieren ihre Menschen geradezu. Dafür belohnen sie uns mit absolutem Wohlbefinden. Sie lieben es häuslich, geraten aber auch in kniffelige Situationen. Viktor ist ein solcher Kater: eigensinnig, anspruchsvoll, ein autonomer Jäger mit großen Revier. Manchmal wird es lebensgefährlich für ihn. Gerettet kann er nur werden, weil er in inniger Bindung zu seinen Menschen steht, wie sie rational nicht zu erklären ist. Und dieses treue Tier zeigt, wie man liebenswert und egoistisch zugleich sein kann

Inhaltsverzeichnis

Wie der kleine Viktor zu uns gekommen ist

Viktor ist eine Katze. Eigentlich war er ein Kater. Ein wunderbarer Kater. Ein schöner Kater. Eigen. Und ein großer Jäger. Mit anderen Katzen hatte er nichts im Sinn. Kämpfen wollte er nicht. Verfolgt von Katern oder Hunden sprang er ans Küchenfenster und ließ sich retten.

Gekriegt haben wir ihn im Mai 1995. Ein junger Bekannter hatte eine Katze, die vier Junge geworfen hatte. Das hatte er Konrad erzählt, der mir eine Geburtstagskarte gedruckt hatte, auf der eine Katze und die Worte standen: „Für dich - endlich die ersehnte Katze!".

Meine Mutter, die gerade zu Besuch war - selbst eine verrückte Katzenliebhaberin, die nach jedem Verlust erklärt hatte: „jetzt kommt mir keine Katz' mehr ins Haus", rollte die Augen. „Du bist ja mit den Kindern schon überfordert, was willst du noch mit einer Katze?".

Das war natürlich gemein von ihr und kränkte mich. Wenn sie auch ein bisschen recht hatte, dass es mit Haushalt, Job und Kindern nicht immer rund lief und ich oft am Rande des Nervenzusammenbruchs entlang schrammte. Das gab ich aber nicht zu, sondern entgegnete schnippisch: „zu Hause sind die Katzen doch auch einfach so mitgelaufen und haben keine Arbeit gemacht. Und außerdem wird mich ein Kätzchen entspannen!".

Zum Augenrollen kam noch ein Schnauben, dann ein spitzes „wenn du meinst!", womit sie sich um den Kuchen kümmerte.

Nicht dass ihr meint, wir wären sentimentale Katzenergebene gewesen. Meine Mutter hatte halt die Tiere, die uns zuliefen, aufgenommen und aufgepäppelt. Katzen waren immer dabei. Sie hielten Hof und Garten frei von Mäusen. Wenn sie über die Vögelchen herfielen, die unsere Bäume bevölkerten, wurden sie mit Steinchen beworfen, von denen viele erstaunlicherweise trafen, wobei unsere Mutter üblicherweise eigentlich nicht treffsicher war. Dies brachte die Katzen dazu, Vögel zu jagen, wenn meine Mutter es nicht sah. Wenn sie eine Eidechse oder einen kleinen Fasan brachten, schimpfte sie und verhieß ihnen, der Jäger würde sie erschießen, wenn sie ihm vor die Flinte kämen. So geschah es manchmal auch. Aber auch die Bundesstraße, die unweit unseres Hauses verlief, forderte ihren Tribut. Gegen Katzenseuchen impfte man früher nicht, die Katzen starben halt. Manchmal wurden sie durch eine Spritze des freundlichen Hausarztes erlöst, der regelmäßig zu meiner kranken Oma kam.

Dass die geliebte Mimi beim Sprung durchs schräg aufgestellte Fenster abrutschte, daran möchte ich gar nicht mehr denken. Stellt es euch bitte nicht vor. Es war eine der schlimmsten Momente meiner Jugend, diese liebe Kätzin herunternehmen zu müssen und schuld an ihrem Tod zu sein. Ich hatte nämlich vergessen, nach ihr zu sehen und hatte versehentlich die Tür zugemacht. Natürlich wurde sie begraben. Wie alle anderen Katzen auch. Mizzi, Mohrle, Mausi, Kitty und auch Mimi, sie bekamen alle ihr Grab. Mit Kreuz. Unser Grundstück war groß genug für alle zu Tode gekommen Tiere.

Wir Kinder weinten dann. Die Eltern blieben stoisch. „Das ist bei Katzen halt so. Entweder sie sterben jung oder sie werden ganz alt. Aber dann dürfen sie nicht fort. Das habe ich jeder Katz´ gesagt. Aber wenn sie halt nicht hören wollen! Dann geht es so aus. Es ist halt so." Mama weinte natürlich nicht. Wegen einer Katze weinen, das tat man nicht - damals. Früher. Für Tiere galten andere Regeln als für Menschen. Außerdem lebten, als ich Kind war, noch viele Leute, die den „Krieg" oder sogar „beide Weltkriege" erlebt hatten. Und die Menschen gekannt hatten, die den Krieg nicht überlebt hatten, weil sie direkt darin umgekommen oder in einem russischen Lager verhungert waren. Aber wenig zu essen hatte es bei allen gegeben, so wanderte zu „Kriegszeiten" manch „falscher Hase" in den Kochtopf. Dies wurde grinsend, gleichzeitig verschämt erzählt, manchmal sogar, wenn wir am Tisch saßen und es gerade etwas zu essen gab. Und dies inzwischen so viel, dass die Zeiten von richtigen und falschen Kaninchen rum waren, stattdessen gab es sonntags Schnitzel und wegen der Soße noch einen Rinderbraten dazu. Die Verwandten sahen auch nicht mehr aus wie Hungerkünstler, sondern die Frauen glichen römischen Matronen, die Männer schoben Bräuche vor sich her, die nicht nur vom Essen kamen. Und Onkel Albert – im letzten Aufgebot von Nazideutschland mit 16 Jahren noch an die Ostfront geschickt und ein Jahr später als Gerippe mit 42 Kilo wieder nach Hause gekommen – kenne ich nur als überaus runden Mann.

Für unsere Katzen bestand also keine Gefahr mehr, in irgendeinem Kochtopf zu landen. Vielmehr wurden sie von Mama aus demselben gut versorgt, bekamen Speisereste, die sehr willkommen waren. Sie fingen Mäuse und anderes Getier (siehe oben) und fraßen die Beute. An Weihnachten gab es, eingepackt, eine Dose Whiskas, die unter den Baum gelegt wurde. Für die Oma und meinen Vater ein Anlass, über fortgeschrittene Dekadenz und falsch verstandene Tierliebe zu lästern.

Der kleine Viktor kam 1995 aber nun in eine andere Periode der Mensch-Tier-Beziehung, in der ein Haustier haben, eine verantwortungsvolle Aufgabe bedeutete, wofür inzwischen ein großes Angebot an verschiedenem Futter, entsprechendem Equipment und Katzenratgeber zur Verfügung standen.

Martin, der Bekannte, hatte mich angerufen, um einen „Kätzchen-Aussuch-Termin" zu vereinbaren: „du wirst dann spüren, welches Tier eine Verbindung zu dir herstellt und zu dir will". Ich hatte es mir andersherum vorgestellt, nämlich, dass ich die Auswahl treffen würde und war verwirrt. „Seht ihr schon was Kater und was Kätzinnen sind?" fragte ich. „Natürlich" schnappte Martin – als ob es nichts Einfacheres geben könnte, als aus den zwei kleinen runden Bällchen, die kleine Kätzchen zwischen den Hinterläufen haben, auf deren Geschlecht zu schließen.

„Einen Kater und drei Mädchen haben wir". „Na, dann ist ja alles klar. Wir nehmen den Kater. Wie sieht er denn aus?" „Ein Tiger, dunkel- und hellgrau. Und etwas beige." Martin schien ein bisschen pikiert ob der allzu schnellen und unemotionalen Entscheidung. „O.k., ich bring ihn dann, wenn er entwöhnt ist."

Ich antwortete „aber erst, wenn er auch ins Kistchen geht."

Martin: „sonst noch Wünsche? Wie wollt ihr ihn denn nennen?"

„Viktor". Das war mir gerade eingefallen.

Jetzt lachte Martin: „der Name passt. Euer Viktor ist schon dick und kräftig, weil er seine Schwestern ständig von den Zitzen wegdrückt und so das meiste abkriegt."

„Ja, dann ist gut, die Kinder sind ja auch kernig, da wird er sich behaupten müssen".

Als das kleine Katerchen dann gebracht wurde, waren wir, insbesondere ich, selig. Ein kleines dickes Kerlchen, getigert, mit einer wunderbar geformten Zeichnung auf der Stirn. Es hatte ein dickes Ärschlein, große grüne Katzenaugen, geringelte Beinchen und eine rosa

Zunge, die sich anfühlte wie feines Schmirgelpapier, wenn es einem über den Finger leckte. Und diese Füßchen! Mit den kleinen Zehen, schon kleinen Krallen, die unten drunter weich gepolstert waren. An einem Fuß – links vorne – war das Hautpolster ganz schwarz, unter den anderen drei Füßen rosarot und dunkelgrau. Diese Öhrchen: zart und haarig, dass ich ständig darüber streichen wollte. Wenn ich ihn hochhob, ihn zart im Genick packte, und wenn ich dann sein Fell zwischen den Fingern der rechten Hand hatte, machte er sich steif. Dann ließ er sich regungslos an meine Schulter legen und kuschelte sich an mich. Und wenn er dann zu schnurren und treteln begann, dann spürte ich nur noch Glück. Großes, dickes, fettes, reines Glück.

Viktors Jugendjahre

Nun war er also da, der kleine Kater. Der erste Nachmittag war schnell vorbei, jeder von uns wollte ihn haben, mit ihm spielen, ihn streicheln. Kira fand das kurze Schwänzchen toll. Romeo wollte, dass Viktor einem Wollfaden hinterher lief. Konrad begutachtete seine spitzen Zähnchen. Meine Mutter strich ihm über sein weiches Fell und ich war hin und weg nur vom bloßen Angucken. Wenn wir den kleinen Wonneproppen mit unserer Begeisterung irgendwie verwirrt, geängstigt oder verunsichert haben sollten – er ließ sich nichts dergleichen anmerken. Er hielt still, wenn Kira sein Schwänzchen anfasste; wenn Romeo den Wollfaden zucken ließ, sprang er hinterher; er schlabberte verdünnte Kondensmilch, mit der ihn meine Mutter sofort zu korrumpieren versuchte. Er hielt es geduldig aus, dass Konrad seine Zähnchen inspizierte und bei mir lag er an der rechten Schulter und schnurrte.

Als es zum Schlafengehen ging, fragten die Kinder, ob der kleine Kater denn bei ihnen schlafen dürfe. Abgesehen davon, dass beide noch klein waren und dass Tiere im Bett nicht mit Konrads Hygienevorstellungen korrespondierten, fand auch meine Mutter, dass eine Katze nicht in ein menschliches Bett gehörte. Außerdem sollte eine Katze einen eigenen Platz haben, von dem aus sie ihr Kistchen erreichen konnte. „Denn Katzen müssen – wie wir auch – manchmal nachts aufs Klo." Ich selbst hätte den kleinen Kater ja selber gern in meinem Bett gehabt, was aber wegen Konrad (siehe oben) nicht ging.

Also entschied ich, Viktor solle die erste Nacht im Gästeklo mitsamt seiner Kiste mit Katzenstreu verbringen. Da war er auf kleinem Raum (100 x 60 cm) davor geschützt, sich im Haus zu verlaufen. Und wir waren davor geschützt, dass er, wenn er sich verliefe, die Teppiche voll pinkeln würde. Meine Sorge, er würde sich im stockdunkeln Gäste-WC ohne Fenster nicht zurechtfinden, zerstreute meine Mutter mit einem Kopfschütteln: „weißt du denn nicht, dass Katzen zur Orientierung ihre Schnauzhaare benutzen?" Und tatsächlich, am Schnäuzchen beim kleinen Tiger waren wirklich schon welche. Nun bekam er ein kleines Schüsselchen Wasser, etwas Trockenfutter, eine kleine Decke und sein Katzenklo in vorne beschriebenen 0,6 m² und darin war dann wirklich kein Platz mehr, sich zu verirren. Ich setzte ihn auf die Decke und schloss die Tür.

Am nächsten Morgen, es war Sonntag und alle zu Hause, öffnete ich vorsichtig die Klotür. Ein verschlafenes Katerchen hob den Kopf, öffnete die Augen, gähnte herzhaft mit einem eindeutigen Babygeräusch und richtete sich auf. Er machte einen kleinen Buckel, was an seinem noch kurzen Körper mit dem molligen Bauch ganz drollig aussah und reckte und streckte sich. Er schien ein bisschen was gefressen zu haben, in der Katzenstreu war ein kleines Pieselchen und die Decke hatte er auch benutzt. Wenn er sich in der ungewohnten neuen Umgebung geängstigt haben sollte, war ihm auch dies nicht anzumerken. Während ihn noch fünf Augenpaare erwartungsvoll anblickten, kam er zur Tür, schlüpfte durch unsere Beine, offensichtlich war er bereit, seine neue Heimat zu erkunden.

Und dies tat der, nicht nur niedliche, sondern auch kluge und vorsichtige kleine Kater Meter für Meter. Dies ist durchaus wörtlich gemeint. An jedem Tag dehnte er sein Revier um 1 m aus, als ob irgendjemand eine unsichtbare Linie gezogen hätte, die er nicht zu überschreiten gedachte. Erst in der Wohnung, dann ging es auf die Terrasse. Er schien zu prüfen, wie der Boden unter seinen Zehen beschaffen war, wie es sich anfühlte, wenn er mit seinem Körper zart an den Gegenständen der Wohnung entlang strich, was alles zu hören und sehen war. Er ließ sich dabei gern unterbrechen, schlapperte aus der Vogeltränke, aß zwischendurch krachend sein Trockenfutter, ließ sich hochheben und knuddeln, spielte mit den Kindern und er liebte es zu schlafen. Manchmal zusammengerollt, oft lang ausgestreckt, das runde getigerte Bäuchlein zur Bewunderung dargeboten. In seiner Nähe kam es uns vor, als ob der kleine Kater totale Ruhe ausstrahlen würde. Und irgendwie fühlte es sich absolut friedlich an, ihm einfach nur beim Schlafen zuzuschauen. Dann und wann bewegte er sich im Schlaf und miaute ganz leise, als ob er im Traum gerade einem Mäuschen nachjagen würde.

Viktor wuchs schnell und wurde flink und zielsicher in seinen Bewegungen. Wie weit er schon war und dass ihm seine Mutter bereits das Jagen beigebracht hatten, zeigte er uns, als er begann, sein Revier auf den Garten auszudehnen. Kaum hatte er die Terrasse ins etwas pieksige Gras verlassen, hörten wir hinter dem Busch, der die Terrasse vom Garten trennte, hohe, laute, spitze Schreie. Zuerst dachte ich natürlich, dass dem Kater etwas zugestoßen sei. Doch weit gefehlt. Innerhalb des Meters, den er sich der Terrassenkante entlang erobern wollte, war ihm ein entflogener Wellensittich in die Quere gekommen, nachdem er sofort gesprungen sein musste. Ohne Zögern, seinem Instinkt folgend. Und er musste ihn sofort erwischt haben. Der Vogel befand sich, wild mit den Flügeln schlagend und schrill piepsend, fest zwischen Viktors Ober- und Unterkiefer eingeklemmt. Dann biss er zu mit seinen Eck-Reiß-Zähnen. Ein gruseliges Geräusch ließ keinen Zweifel daran, dass die feinen Knöchelchen des Sittichs zerbarsten. Nun wusste ich, dass unser Schmusekätzchen auch das Zeug zum Killer hatte. Von diesem Moment an war ich aus dem kurzfristigen Paradies vertrieben, das von einer friedlichen Koexistenz unseres Hauskaters mit den Gartenvögeln ausgegangen war. Mit Grauen und entsetzt konnte ich nur tatenlos zuschauen, wie sich der zehnwöchige Kater in einer Art Blutrausch über den Sittich hermachte, seine Weichteile fraß und die Reste auf dem Rasen verteilte.

Als sich der erfolgreiche Jäger gesättigt und mit seinem verschmierten Schnäuzchen in der Vogeltränke seinen Durst gestillt hatte, warf er sich im Wohnzimmer auf seine braune weiche Decke. An dem Nachmittag hatte er seine Unschuld verloren – definitiv. Derweil rechte ich die Überreste des Vogels im Garten zusammen. Ich vergrub sie voller Schuldgefühle und überlegte, welchen Nachbarn der Wellensittich wohl entflogen sein musste. Den Kindern erzählte ich nichts davon. Ich verbot ihnen aber, den Kater zu küssen, schon gar nicht auf seine Schnauze und sie mussten sich jedes Mal die Hände waschen, wenn sie mit ihm gespielt hatten. Seit er sich über den Sittich hergemacht hatte, war mir klar, welch ein Bazillenträger er werden würde. Und ich nahm mir fest vor, keine Impfung zu verpassen, die ihn schützen würde: gegen Katzenschnupfen, Katzenseuche, Tollwut, Leukose, FiP, Katzenaids und wie sonst noch die Erkrankungen alle hießen, welche er bekommen könnte.

Er würde auf Tour gehen, so viel war nach dem Wellensitticherlebnis klar. Meiner Mutter brauchte ich nichts erzählen. Ich wusste, was sie sagen würde. „Es ist eine Katze, ein Tier, das steckt in ihm drin. Und so ist die Natur, fressen und gefressen werden!". Früher waren mir solche Aussagen hart und herzlos vorgekommen. Nach der beobachteten archaischen Urszene der

Biologie hatte ich den Eindruck, dass Mama gar nicht so unrecht hatte.

Viktors Jagdtrieb war also erwacht und blieb. Wir wurden mit dieser unumstößlichen Tatsache zugunsten des Katers parteiisch – absolut parteiisch. Wenn wir auch jedes Vögelchen bedauerten. Und der kleine, bald große Jäger-Drecksack bekam sie alle. Er erwischte sogar ab und zu Amseln, die normalerweise zu schlau für ihn waren. Als er einmal eine besonders große in Kiras Zimmer zerlegte und dieses dann mit schwarzen Federn verwüstet war, war es mit meiner Empathie und meiner Bereitschaft, uns mit Opfertieren beschenken zu lassen, vorbei. In meinem Zorn bekam ich ihn noch in Kiras Zimmer zu fassen und gab ihm ein paar kräftige Klapse. Natürlich erklärte ich ihm, wofür er bestraft wurde. Nun wird jeder und jede, die das liest, meine Vorgehensweise verurteilen. Das könnt ihr gerne. Ich bin auch heute noch der Auffassung, dass die Reaktion genau die richtige war. Viktor hatte verstanden, worum es mir ging und brachte nie wieder ein lebendes Tier in die Wohnung. Er ließ sich auch davon überzeugen, dass wir tote Tiertrophäen, d. h. tote Mäuse, tote Frösche, tote Fische, tote Vögel, tote Kaninchen, tote Eidechsen überhaupt nicht ins Haus gebracht bekommen wollten. Ja, wir wollten die Beute weder als Geschenk präsentiert, noch irgendwie sonst zu Gesicht bekommen. Ich habe schon mal gelesen, es sei wichtig, die von der Jagd gebrachten Kadaver als besondere Geste der Wertschätzung entgegenzunehmen und die Katze dafür zu loben. Dies sei gut für das Selbstwertgefühl der Katze und der Bindung zwischen Katze und Frauchen zuträglich. Derlei halte ich für sentimentalen Quatsch. Erstens hat eine Katze wahrscheinlich sowieso das Eigenkonzept, dass sie die Größte ist und zweitens was soll denn sinnvoll daran sein, für etwas Lob zu verteilen, was jemand sowieso und wie Viktor exzessiv betrieb. Also, gelobt wurde er nicht, sondern der ausgeprägte Jagdtrieb wurde als etwas ihm von der Natur aufgezwungenes Verhalten hingenommen. Die Schuldgefühle, die wir hatten, weil unsere Singvogel-Population nicht dezimiert, sondern zunehmend ausradiert wurde, schoben wir zur Seite.

Nur Krähen und Elstern zeigten dem Kater wo der Hammer hängt. Wenn wir nicht da waren und wenn wir Viktor, unvernünftigerweise ein Schüsselchen mit Trockenfutter auf die Terrasse stellten, dann bekam er es mit ihnen zu tun. Sie machten ihm das Futter streitig und jagten ihn von der Schüssel weg. Als wir die kahle Stelle auf seinem Rücken sahen, kapierten wir schnell, dass es sich nicht um kreisrunden Haarausfall, sondern um eine Wunde handelte, die ihm die großen schwarzen Vögel schlugen, wenn sie mit ihm in Nahrungskonkurrenz gingen. Die Schüssel mit dem Trockenfutter wurde daraufhin unter die Bank getan, wo sie Krähen und Elstern nicht sehen konnten. Die wundgehackte Stelle auf seinem Rücken wuchs schnell zu. Sein Futter musste er, wie er es gewohnt war, nicht mehr hergeben.

Aber Viktors Respekt vor den großen schwarzen Vögeln blieb.

Jetzt werden vielleicht manche von euch Lesern denken, was schaffen sich diese Leute eine Katze an, wenn sie weg sind, der Kater draußen auf der Terrasse fressen muss und solch fiesen Raubvögeln ausgesetzt ist? Wenn der arme Kater Haue kriegt, nur weil er in vertrauter Umgebung ein Beutetier zur Strecke bringen will und es dann noch nicht einmal seinen Menschen vor die Füße legen darf? Ich kann euch ganz und gar beruhigen. Natürlich verbrachte der Kater viel Zeit mit uns. Und er war sehr begabt darin, uns beizubringen, welch ein - ihm genehmer - Rhythmus unser Tag haben sollte, welches Futter akzeptabel war, welche Spiele gespielt wurden, wer von der Familie auf welcher Hierarchiestufe stand und wofür er oder sie jeweils verantwortlich war.

So durfte der jüngste von uns, Romeo, ihn nur streicheln, wenn Viktor auf Konrads oder meinem Arm war und wir seine Streichelbewegungen etwas steuern konnten, denn Romeo war anfangs noch etwas ungeschickt. Aber die beiden hatten ein besonderes Spiel miteinander. Das ging so: Viktor saß ruhig auf dem großen Teppich im Wohnzimmer, schaute scheinbar interessiert durch die Balkontür in den Garten hinaus. Sein inzwischen ausgewachsener, tigergeringelter Schwanz mit der etwa 2 cm langen schwarzen Spitze lag lang und ruhig auf dem Boden. Schrittchen für Schrittchen näherte

24

Romeo sich, in der Hoffnung, Viktor würde nicht merken, dass er sich heranpirschte. Manchmal (in ca. zwei von zehn Versuchen) gelang es ihm, sein kleines Füßchen auf den Katzenschwanz zu stellen, woraufhin Viki herumfuhr, in die Höhe sprang und die Krallen der rechten Pfote ausfuhr, als ob er Romeo kratzen wollte. Dabei fauchte er hell, seine vier scharfen Eckzähne deutlich sichtbar. Romeo war indes nach hinten gesprungen, jedes Mal mit deutlichem Schreck im Gesicht. Dann drehte sich der Kater um, stolzierte genau zu der Stelle zurück, wo er vorher gesessen war und er setzte sich genau dort wieder hin. Wieder schaute er nach draußen, aber nur scheinbar entspannt: sein Schwanz klopfte heftig, mit hör- und sichtbaren Schlägen auf den Teppich. Dabei signalisierte er unmissverständlich: „probiere es nur noch einmal, ich bin bereit, dann geht es nicht so glimpflich aus!" Ihr wollt nun wahrscheinlich auch wissen, was die übrigen acht Mal passierte? Da merkte Viktor, wie sich Romeo anschlich, wartete bis er sein Füßchen gehoben hatte, zog den Schwanz mit großer Bestimmtheit zur Seite, ringelte ihn ein und drehte sich um. Er schaute Romeo dann direkt an. Der wiederum zog ganz fix sein Füßchen zurück und trollte sich. Dieses Spiel schien nicht dazu zu führen, dass sich die beiden fürchteten oder sich gar aus dem Weg gingen. Im Gegenteil, Romeo durfte Viktor, je älter beide wurden, streicheln und bei ihm sitzen. Später legte sich Viktor gern bei Romeo auf den Schreibtisch, wenn dieser, was selten genug passierte, einmal daran saß. Aber das Spiel blieb bis in Romeos Schulzeit. Ich nehme an, dass die beiden immer wieder ein wenig auskabbeln wollten, wer denn der jüngste in der Familie sei und wer wem etwas zu sagen hatte.

Zwischen Kira und Viktor war es ganz anders. Diese beiden waren sich zärtlich verbunden. Kira kraulte ihn zwischen den Öhrchen, strich ihm das Fell und bürstete ihn mit einer rosafarbenen Babybürste, die flaumweiche Borsten hatte. Nach ihr musste er nie langen. Sie respektierte seine Bedürfnisse und Grenzen und er suchte ihre Nähe. Dabei schnurrte er, drehte sich auf den Rücken mit dem ergebenen Wohlgefühl, bei der großen Schwester keine unangenehmen Überraschungen zu erleben. Er dankte es ihr mit liebevoller Anteilnahme. Kira hatte als Kind oft Kopfschmerzen und lag mit einem kalten nassen Waschlappen auf der Stirn im Wohnzimmer. Da es ihr wirklich nicht gut ging, sprang der feinfühlige Kater hoch zu ihr auf die Couch, kletterte vorsichtig auf ihren Bauch, stupste sie liebevoll an ihrem Kinn und legte sich auf sie – schnurrend und tröstend und sie bewachend.

Überhaupt mochte Viktor die Couch im Wohnzimmer. Er hatte seinen festen Platz darauf, etwa da, wo das zweite Drittel der Sitzfläche nach links beginnt. Da lag seine braune Flauschdecke. Jeder, der sich neben ihn setzte, durfte ihn knuddeln und kraulen. Familienmitglieder durften ihn auf ihren Schoß heben, wo er sich zusammenrollte und streicheln ließ.

Zu Konrad hatte Viktor einen besonderen Draht. Was mich manchmal etwas nervte. Unser Kater erkannte bei Konrad, dass er tief in seinem Innern ein kleiner Halbstarker geblieben war, der gern schmuste und auch genauso gern andere ärgerte und raufte. Wenn Konrad abends im Fernsehsessel lag, sprang Viktor auf seinen Schoß und ließ sich nach allen Regeln der Kunst durchwalken. Eines Abends, als es im Fernsehen eine Werbepause oder eine inhaltliche Länge gab, sprang Konrad unvermittelt mit einer Art Schlachtruf auf, woraufhin Viktor mit einem großen Satz flüchtete, Konrad ihm hinterher. Und dann jagte er den Kater durchs Wohnzimmer. Sie drehten eine Runde nach der anderen, ich fürchtete ums Mobiliar. Ich schimpfte mit meinem Mann und ich hatte große Angst um den Kater. Aber bevor Konrad ihn hätte erwischen können, hechtete Viktor im freien Flug durch seine Katzenklappe, die in die Tür zum Keller (bei uns ging der Weg dahin durchs Wohnzimmer) eingesetzt worden war. Wir hörten den Kater die hölzerne Kellertreppe hinunterpurzeln. Vermutlich folgte eine Rolle vorwärts der anderen bis er auf dem gefliesten Kellerboden aufdotzte. Mir wurde ganz schlecht, auch Konrad schaute einen kurzen Augenblick etwas betreten. Aber nur kurz, denn Viktor kam – unverletzter Dinge – wieder die Treppe hoch. Dann lugte er aus der Klappe, zog den Kopf zurück, schaute wieder heraus, unzweifelhaft, um zu orten, wo Konrad war. Dieser stand still und wusste nicht was tun. Diesen Moment der Unvorbereitetheit nutzte der Kater, um ihm einen triumphierenden Blick zuzuwerfen (ich übertreibe nicht, anders hätte man es nicht interpretieren können). Er nutzte sein Zögern aus und begann, wieder los zu jagen. Konrad, der realisierte, dass das kleine Katervieh ihn ausgetrickst hatte, rief: „na warte Viktor, ich krieg dich!" und rannte wieder hinter ihm her. Erneut verausgabten sich die zwei und nach circa drei Runden war wieder der Hechtsprung durch die Klappe dran und der lärmende Treppensturz. Dass Viktor nicht noch „Haus" rief, war alles. Nach einer Minute ging die Katzenklappe wieder auf, eine Schnauze, ein Kopf, ein Körper, ein Schwanz und dann ging es wieder weiter: ab die Post im abendlichen „Fangi-Spiel". Ich verließ das Wohnzimmer, mir fiel nichts mehr ein. In der Küche war noch etwas zu tun. Während dessen hörte ich es noch viermal im Treppenhaus rummsen. Als ich zurück ins Wohnzimmer kam, lagen die beiden im Fernsehsessel. Wenn Konrad nicht einen roten Kopf gehabt hätte und sein Hemd eindeutig verschwitzt gewesen wäre, ich hätte es nicht geglaubt, was ich kurz vorher erlebt hatte. Denn der Kater lag ruhig auf Konrad Schoß und ließ sich kraulen, als ob nichts geschehen wäre. Solche Abende wiederholten sich, ich wusste dann, dass die beiden taffen Sport betrieben und blieb gelassen. Doch ich war froh, dass die Kinder einen festen Schlaf hatten, denn ich war sicher, dass sie sich an der Verfolgungsjagd beteiligt hätten.

Und da war noch Natalie, unser damaliges Au-Pair Mädchen. Sie war eine überaus sensitive junge Frau. Sie mochte Viktor sehr und versorgte ihn, wenn ich arbeitete oder wenn wir in Urlaub waren. Er mochte sie auch, was deutlich daran zu erkennen war, dass er versuchte, in ihrem Zimmer auf einem Sessel zu übernachten. Nathalie war ein lieber, gewährender Mensch, aber sie befürchtete, dass sie wegen Viktors starker Präsenz in der Nacht kein Auge zu machen würde. Ihn vom Sessel zu nehmen oder ihn gar herunter zu scheuchen, wäre für eine solch zarte Seele, wie es Nathalie war, völlig undenkbar gewesen. So dachte sie, im Bett liegend, er möge doch aufstehen und ins Erdgeschoss zu seiner Decke zu gehen. Es sei nicht, weil sie ihn nicht möge, aber sie könne sonst nicht einschlafen. Sie erzählte mir dann am nächsten Tag, Viktor war, kurz nach dem sie dies intensiv gedacht hatte, aufgestanden und vom Sessel gesprungen. Dann habe er noch kurz – ganz lieb – in ihre Richtung gemaunzt und habe dann leise das Zimmer verlassen. Morgens erhob er sich, wie immer um sechs Uhr. Wie jeden Morgen hörte er die ersten Hausgeräusche und erhob sich reckend und streckend von seiner Decke. Natalie war überzeugt, dass Viktor die Fähigkeit hatte, mit ihr spirituell in Verbindung zu treten. Auch wenn das jetzt etwas merkwürdig klingen mag, diese Fähigkeit sollte für ihn noch von großer Bedeutung werden.

Nun, der Vollständigkeit halber möchte ich noch berichten, welch eine Beziehung ich zu unserem Katerchen hatte! Ich war die Mama und der Boss. Mit mir handelte er aus, dass er morgens früh um sechs Uhr gestreichelt, dann gefüttert wurde. Er mochte es, wenn sein Futter, das ich aus einem quadratischen Metallfolien-Päckchen in seine Katzenschale drückte, von mir mit der Gabel in handliche Bröckchen verteilt wurde, so dass er sie gut aufnehmen konnte. Dann wollte er Wasser schlabbern aus der Vogeltränke und dann ging er hinaus in die Katzenwelt, wo er jagte, schlief und herumstreunte. Er zirkelte unseren und die Nachbargärten als sein Revier ab und hielt sie frei von Mäusen, Ratten und anderen Katzen. Über weiteres haben wir an vorderer Stelle in diesem Text schon gesprochen.

Wenn ich nachmittags nach Hause kam, hatte Viktor das Auto schon gehört oder sonst wie mitgekriegt, dass ich im Anflug war. Ich habe mich schon gefragt, wie er wusste, wann ich komme. Ob er das Auto erkannte? Dafür hätte er mich auf dem Weg, den ich fuhr, sehen müssen. Aber meist kam er aus einer ganz anderen Richtung. Dass er den Motor schon viel früher hören konnte, als wir es uns vorstellen konnten - vielleicht! Dass er sich an meine Heimkehrzeit gewöhnte? Dazu kam ich zu unregelmäßig. Vielleicht haben Katzen wirklich noch einen weiteren, besseren Sinn, mit dem sie mit uns Menschen in Kontakt treten können. Dass es bei Viktor so gewesen sein muss, zeigen Erlebnisse, die wir später mit ihm hatten. Wenn ich dann aus dem Auto stieg, sah ich ihn angaloppieren. Wenn er mich erreicht hatte, bremste er ab, strich um meine Füße, sagte „Mau" in mittlerer Stimmlage und rannte zu unserer

Eingangstür, die ich für ihn aufschloss, ihn einließ und ihm folgte. Als ob er gewusst hätte, dass ich zur Mittagszeit in Hetze war, begnügte er sich damit, dass ich ihn, nachdem ich meine Tasche abgestellt hatte, mit der ganzen Hand kurz über das Köpfchen strich, er dann das Kinn hob, worunter mein rechter Zeigefinger ein paarmal hin und her reiben sollte, er dann wieder in mittlerer Lage kurz maunzte, um sich anschließend auf seine Decke im Wohnzimmer zu schmeißen und zu schlafen.

Der Boss war aber auch dafür zuständig, Viktors gefürchtete Pflichten durchzusetzen. Zum Beispiel die Autofahrten zum Tierarzt, wenn Impfungen fällig waren. Oder wenn eine Zecke gezogen werden musste. Oder wenn er sich in seiner Decke oder an einem Pullover verhakelt hatte und seine Kralle daraus befreit werden musste. Oder wenn er sich das Fell verfilzt hatte, weil er sich – der Teufel weiß, wieso gerade da – in Kellerschächten unter einem Gitterrost aufhielt und sich darunter hin- und herschob und dabei das Fell mit zum Teil 2 cm großen huppeligen Wollknäulen verunstaltete. Er wollte sie sich dann abbeißen und herausreißen, was langwierig, schmerzhaft, schon beim Zusehen unästhetisch war. Die Schere half dann besser und schneller die Filzbälle zu entfernen – allerdings sah er anschließend aus wie ein Irokese oder ein Punki-Kater, was ihn umso individueller macht.

Auch wenn unausgesprochen klar war, dass nur ich diese Dinge machen durfte, müsst ihr, liebe Leser nicht denken, petit Monsieur Viktor hätte sich dann kooperativ verhalten und sich vielleicht sogar etwas dankbar nach oben genannten Aktionen gezeigt. Absolute Fehlanzeige! Ihn in den Katzenkorb zu bringen, wenn es zum Tierarzt gehen sollte, war mit enormer Verweigerung verbunden. Variante eins: Schon bevor ich den Katzenkorb geholt hatte, hatte er Lunte gerochen, versteckte sich und war nicht aufzufinden. Demzufolge musste der Tierarzttermin abgesagt und ein neuer vereinbart werden – gegebenenfalls mit dem gleichen Ablauf. Variante zwei: der Kater sah den Katzenkorb, mutierte im selben Augenblick zum Gift und Galle speienden Minitiger und wehrte sich mit allem, was er zu bieten hatte: Pfoten, Fletschzähne, lautes Zischen und Riesenaugen, die tiefe Abscheu ausdrückten. Die Krallen setzte er nicht ein, er biss mich auch nie, was ich ihm auch nicht durchgelassen hätte. Liebe Leser, fragt mich nicht, was dann fällig gewesen wäre. Ich weiß es nicht. Viktor wusste es auch nicht, legte es aber nie darauf an, es zu erfahren. In punkto Katzenkorb blieb mir daher nur der eiserne Zangengriff meiner rechten Hand, die das Fell hinter seinem Kopf fassen musste, um den zappelnden, fauchenden Kater in den Korb zu stopfen, und ganz schnell den Deckel zuzudrücken und die Verschlussklammern schließen. Geschafft! Mein Fluchen beantwortete Viktor dann mit dumpfem Poltern im Katzenkorb, was sich nach einer Bodenkür auf engstem Raum mit ständigem Anrennen an die vier Wände des Plastikbehälters anhörte, in dem ich ihn nun auf den Beifahrersitz stellen konnte. Kaum setzte sich das Auto in Bewegung, war aus dem Korb leises Weinen hören und durch die Schlitze waren vor Angst aufgerissene Katzenaugen zu sehen. Wenn ich an der Ampel stand und meinen rechten Zeigefinger in die Box streckte, rieb das arme Katerchen seine Schnauze daran und beruhigte sich ein wenig. Sobald ich beide Hände am Steuer brauchte, war er wieder untröstlich. Auch gutes Zureden half nichts, Viktor wimmerte wie ein kleines Baby, das trotz minutenlangem Schreien nicht aus dem Bettchen gehoben wurde und sich in den Schlaf weinen musste.

Im Wartezimmer von Dr. Bertl öffnete ich den Korb. Darin saß Viktor, wie in Stein gemeißelt vor Schreck. Die Ohren angelegt, die Augen riesengroß aufgerissen. Jahrelange Angst- und Stressausdünstungen von Hunden, Katzen, Meerschweinchen, Ratten, Mäusen, Vögeln, Leguanen, Kaninchen, Schlangen und deren Herrchen und Frauchen hatten sich in jeder Ritze des blitzblank geputzten Wartezimmers bei Dr. Bertl festgesetzt. Diese subtilen molekular wabernden Stresshormonbotschaften verkündeten jedem eintretenden tierischen oder menschlichen Kunden, dass er an einem Ort höchster Gefahr gelandet war, der absolute Vorsicht, Wachsamkeit und Unterwerfung gebot. So saß der leise winselnde Dobermann neben unserem erstarrten Kater, der mit keinem Blick den Wellensittich auf dem Zeigefinger meiner kleinen Nachbarin beachtete.

Neben ihr hielt ein junger Mann liebevoll den zitternden Leguan, der aus seinem Pulloverausschnitt ragte.
Die Meerschweinchen im Käfig daneben fraßen kein
einziges Bröckchen der Köstlichkeiten, die vor ihnen lagen. Dem Häschen auf dem Schoß einer kleinen, weiß-
haarigen Dame bummerte das Herzchen so heftig, dass
sich das Fell hektisch hob und senkte, so dass man Angst
bekam, es würde im gleichen Moment einem Herzin-
farkt erliegen. Die einzig coole Socke war eine Bulldog-
genhündin, die sich mit ihrem üppigen Matronenleib
raumgreifend auf dem Boden ausgestreckt hatte. Sie
schnarchte zufrieden und öffnete dann und wann ein
Auge, um mit souveränem Blick die Wartezimmerge-
sellschaft zu betrachten. Ihr Frauchen schien ebenfalls
recht robust zu sein, denn als „Mia Müller" aufgerufen
wurde, klappte sie ihr „Katzenhasser"- Buch zusammen
und schob ihre rechte Fußspitze unter Bulldoggen-Mias
Hintern. Damit hob sie ihn – nicht gerade grob, aber
unmissverständlich – leicht hoch und sagte: „auf, Dicke,
wir sind dran", ging voraus, die dicke Mia trottete eher
gelangweilt hinter ihr her. Beide – Mia und Frauchen
wurden laut und begeistert vom Praxisteam empfangen,
dann schloss sich die Tür. Nach 10 Minuten kamen sie
wieder heraus, Dr. Bertls Ruf „aber nur noch die Hälfte
in den Napf" verhallte, ohne dass eine der beiden Da-
men eine Reaktion gezeigt hätte, die nur annähernd
nach Zustimmung aussah.

Dann der Ruf: „Viktor Antoni". Ich hob Viktor auf
meinen linken Arm, hängte meinen Rucksack um und

ging mit ihm ins Behandlungszimmer. Auch wir bekamen eine herzliche Begrüßung. Als ich den zitternden Kater auf dem Untersuchungstisch absetzte, wurde er erst einmal von Fräulein Bertl (Tochter) getröstet („da hat aber einer Angst!"), dann von Frau Bertl (Ehefrau) gehalten (Entspannung pur!) Und von Dr. Bertl (Tierarzt) untersucht („was für Zähne, der könnte in der Wildnis ohne Probleme überleben. Ist er ein Freigänger?" Auf mein stolzes Nicken: „Dann impfen wir ihn durch"), woraufhin Frau Bertl ein Tablett mit drei Spritzen holte und ich meinen Schatz beruhigend am Kopf kraulte. Dr. Bertl gurrte unverständliche Laute, strich dem Kater über den Rücken – „ein schöner Kerl und was für Fell!", gurrte weiter, als er flink eine Spritze nach der anderen setzte, was Viktor noch nicht mal mit einem Zucken, sondern mit gleichgültiger Entspannung quittierte. „So, das hätten wir und im November kommt ihr dann zum Kastrieren." Mit dem Kommen war ich angesprochen, mit dem Kastrieren war der Kater gemeint, der mit einem halben Jahr geschlechtsreif werden würde und der Überpopulation in Mannheims Gärten nicht noch mehr Zulauf geben sollte. Dr. Bertl, ein zierlicher, drahtiger Mann nahm die Notwendigkeit, verwilderte, kranke Katzen vor Leiden, Siechtum und unkontrollierter Vermehrung zu bewahren, durchaus ernst. Es ging die Kunde durch den Stadtteil, dass er nachts mit seinem Blasrohr durch Gärten, Wäldchen und Lichtungen schlich, streunende Katzen betäubte, identifizierte, in seiner Praxis impfte und kastrierte und sie dann wieder aussetzte oder vermittelte.

Nach der Impfung gab es noch eine Tube Entwurmungsmittel und dann durften wir wieder gehen. Die Rechnung wurde bar bezahlt. Obwohl sie einer Rechnung beim Menschendoktor in nichts nachstand, fühlten wir uns bei Dr. Bertl gut aufgehoben und gut behandelt. Ich, jedenfalls. Viktor schien nur froh zu sein, wieder in seinen Korb zu dürfen, was ihn im Auto aber nicht davon abhielt, erneut zu wimmern.

Zuhause trug ich ihn ins Haus und öffnete den Korb. Da er noch ein wenig ungnädig schien, holte ich ein Stück Kabeljaufilet aus dem Froster, taute es in der Mikrowelle auf und gab es ihm zum Trost für den stressigen Tierarztmorgen. Seine Reaktion war eindeutig: gierig machte er sich darüber her. Dann war da Glück, nur noch Glück, als er mich anschaute. Ich beugte mich gerührt über ihn und strich ihm vom Rücken bis zum Schwanz, den ich umfasste und durch meine rechte Hand zog. Der Kater stellte ihn dazu senkrecht hoch, schloss die Augen, antwortete mit einem lustvollen „Mau" und ging, immer noch mit erhobenem Schwanz, ins Wohnzimmer und schmiss sich auf seine Decke.

Das Tierarztritual blieb anlässlich des alljährlichen Impfens: Katzenbox, Kampf, Wimmern im Auto, Schreckensstarre im Wartezimmer Stillhalten bei der Behandlung, Wimmern im Auto, frischer Fisch, Glück, Schlafen.

Mit dem Kastrieren wartete ich übrigens nicht bis zum November. Anfang Oktober war Viktor unausgeglichen, unleidig, unruhig und aggressiver geworden. Außerdem begann er mit einem Katzenpipi zu markieren, das nicht nur sehr unangenehm roch (dies wäre untertrieben gewesen), nein, das bestialisch stank. Meine Mutter, die zu Besuch war, sagte nur trocken: "es ist soweit mit Eurem Kater, du musst etwas tun!" Nicht ich tat etwas, sondern Dr. Bertl wurde aktiv. Eine Betäubungsspritze, dann die zwei kleinen Bällchen ab, 4 kleine Stiche und zurück in den Korb. Dieses Mal gab es auf der Rückfahrt kein Wimmern. Viktor schlief tief und fest. Zu Hause öffnete ich die Transportkiste und stellte sie ins Wohnzimmer. Konrad der früher nach Hause gekommen war, hockte sich daneben und sagte betrübt, als hätte es ihn selber betroffen: „Armer Kater, was haben sie nur mit dir gemacht!?" Dies quittierte meine Mutter hinter seinem Rücken mit einem Augenrollen und wir tauschten bedeutsame Blicke.

Obwohl der Kater wegen der Betäubung eigentlich hätte im Haus bleiben sollen, wollte er nach dem Aufwachen raus – unbedingt. Seinem Drängen konnte ich nach einer halben Stunde heftigen Begehrens nicht mehr entgegentreten. So sollte es mir mit ihm noch oft gehen. Gegen seinen unbedingten Willen konnte ich mich nur ganz schlecht, eigentlich gar nicht durchsetzen, also ließ ich ihn in den Garten hinaus springen. Von Betäubung war nichts mehr zu bemerken, die Wunde heilte superschnell. Viktors Temperament war auch ohne Bällchen geblieben, wie es war: eigenwillig, kraftvoll, gewohnheitstreu, zugewandt und bezogen. Er jagte weiterhin und war nachts auf Tour. Und er war unzweifelhaft erwachsen geworden.

Viktors Lehr- und Wanderjahre

Unser Kater war inzwischen ein festes Familienmitglied. Er hatte den Jahreszeiten entsprechend feste Gewohnheiten. Er hatte seine Plätze, seine Vorlieben, seine Kontakte. Er war gut erzogen. Als Freigänger fielen viele Ersatzhandlungen (Kratzen an Sofas, Klettern auf Möbel, Betteln am Tisch, Springen auf Waschbecken, Lecken an den Wasserhähnen usw.) weg. Er hatte die freie Natur mit allem, was eine Katze brauchte: Jagen, Krallen an Bäumen schärfen, abgestandenes Wasser aus Pfützen und Vogeltränken schlabbern, er konnte auf Bäume klettern, das Revier räumlich und erlebnismäßig ausweiten und schließlich im erweiterten Revier den Hofstaat vergrößern.

Die Kinder spielten mit ihm. Sie warfen ihm Bälle zu, lockten ihn mit Gegenständen, die an einer Schnur festgebunden waren. Er sprang ihnen hinterher und wenn er ein Stofftier erwischte, krallte er sich mit beiden Pfoten daran fest und versuchte dann davon abzubeißen. War es ein größeres Objekt, umrollte er es mit seinem ganzen Körper und manchmal war er so aufgeregt, dass er mit den Hinterläufen darauf zu trommeln begann. Es sah lustig aus, aber wir verstanden nie, was es bedeuten sollte. Sie streichelten ihn und er setzte sich zu ihnen, bis es ihm zu viel wurde. Dann schlug er warnend mit dem Schwanz. Reichte dies nicht aus und er bekam keine Ruhe, stand er auf und ging. Manchmal fuhr er aber auch seine Krallen aus. Kira und Romeo lernten viel: dass Katzen auch Milchzähne haben, die sie verlieren und dann ein Erwachsenengebiss bekommen; dass ihnen Krallen ausfallen können, die wieder nachwachsen; dass Viktor es gern hatte, wenn Kira ihm im Frühling das Winterfell ausbürstete, dass er nur manchmal am Bauch gestreichelt werden wollte, wenn er sich auf den Rücken legte, den Kopf nach hinten und die Vorder- und Hinterläufe weit von sich weggestreckt; dass Katzen auch dreckige Ohren haben und Karies bekommen können und dass Katzen überaus reinliche Tiere sind, die zwar kein Wasser mögen (es soll Ausnahmen geben), sich aber den ganzen Tag putzen.

Und sie lernten, dass Katzen sehr eigenständige Tiere sind, die man nicht dressieren, überreden, einengen kann. Die machen, was sie wollen. Oder besser gesagt, was ihnen guttut. Zumindest in dem Moment, in dem sie es tun.

Wegfahren und in Urlaub gehen, war für uns kein Problem. Wir konnten Viktor zwar nicht mitnehmen (Autofahren blieb ihm Zeit seines Lebens die absolut verhasste Vorhölle), aber wir hatten Au-Pair Mädchen und als die Kinder größer waren, kümmerten sich unsere Nachbarn liebevoll um ihn.

Als er das erste Mal wirklich allein zuhause zurück gelassen wurde, gefüttert von den Nachbarn, trauerte er deutlich. Wie uns erzählt wurde, war er apathisch und wollte nicht fressen. Auch Frau Schumachers Gang zu Penny, um ihm alternative Fütterungsangebote zu machen, war nicht sehr erfolgreich, er fraß kaum etwas. Als wir nach einer Woche wieder kamen, hörte er das Geräusch unseres Autors, galoppierte heran. Liebe Leser, ich übertreibe nicht und ich habe es mir auch nicht eingebildet, kaum dass er unsere Rufe hörte und die Wiedersehensfreude in unseren Gesichtern sah, stoppte er. Dann kam er (ich würde wirklich sagen „aufreizend" langsam) auf uns zu. Als Kira ihn streicheln wollte, wich er aus, drehte seinen Kopf weg (nachdem er uns mit dem Blick „ich würdige euch keines Blickes" angeschaut hatte) und ging langsam zur Haustüre hinein. Diese stand offen, weil Konrad schon begonnen hatte, das Gepäck ins Haus zu tragen. Mitten im Wohnzimmer saß er dann. Nicht-Katzen-Kenner werden mir vorhalten, ich vermenschliche unser Tier und schreibe ihm Reaktionsweisen zu, die eher zu Menschen passen würden. Dies weise ich weit von mir. Ich kann euch, liebe Leser versichern, dass er dasaß – dick den Po uns zuwendend, den Rücken hochgereckt und starr geradeaus blickend – und beleidigt war. Nennt es, wie ihr wollt: beleidigt, sauer, stinkig, angekekst, eingeschnappt, verärgert … Und wie. Es war körperlich spürbar. Das immerhin 35 m² große Wohnzimmer, war erfüllt von Missstimmung. Die Kinder liefen zu ihm, entschuldigten sich für ihr Fortgewesensein, versicherten der Katerdiva nun wieder da zu sein – ohne jegliche Wirkung. Viktor blieb ungnädig. Bis zum übernächsten Morgen. Erst dann beschloss er, seinen üblichen Lebensrhythmus wieder aufzunehmen: um sechs Uhr aufwachen, kurz Begrüßung, fressen, raus. Nachmittags herbei laufen, wenn er das Auto hörte, fressen, schlafen. Dann wieder raus und rein und raus und rein und raus und rein. In den „rein-Phasen" pflegte er Kontakt mit uns, wie es ihm genehm war, den Tagesabschluss beging er auf Konrads oder meinem Schoß vor dem Fernseher und ließ sich durchwalken. Dann schmiss er sich auf seine Decke und wir gingen spätestens gegen zwölf Uhr ins Bett.

Was er erlebte, während er draußen war, entzog sich unserer Kenntnis. Manchmal trafen wir ihn während eines Abendspaziergang unterwegs, und er begleitete uns so lange, bis er wohl an seinem Revierende angekommen war. Und da blieb er sitzen und wartete auf uns, bis wir zurückkamen. Wenn er uns sah, erhob er sich von genau der Stelle, an der wir ihn zuletzt gesehen hatten, streckte sich, maunzte kurz, reckte sich, machte einen krummen Buckel und galoppierte los. „Endlich seid ihr da, nun aber flott nach Hause!" Und dann lief er uns voran, blickte sich aber immer wieder um und vergewisserte sich, ob wir ihm auch zügig folgten. An der Haustüre war er der erste und wenn wir ankamen, maunzte er, als ob er sagen wollte: „seid ihr endlich da? Es wird aber auch Zeit."

Als Viktor das erste Mal verschwunden war und wie wir ihn wiederfanden

Wie schon geschildert, hatte Viktor feste Gewohnheiten. Morgens früh um sechs begehrte er Einlass. Unter der Woche standen wir um die Zeit auf und da passte es gut. An den Wochenenden wollten wir ausschlafen, und versuchten sein Schreien zu überhören. Das passte ihm natürlich nicht und da er ein sehr kräftiger und sprunggewaltiger Kater geworden war, gewöhnte er es sich an, auf eine Mauer und von da aus auf die Brüstung der Loggia im ersten Stock zu springen, auf die eine Balkontür von unserem Schlafzimmer hinausging. D. h. um sechs Uhr morgens konnten wir Viktors Wunsch hereingelassen zu werden, nicht mehr ignorieren, denn sein durchdringendes Geschrei hätte sonst die ganze Nachbarschaft geweckt.

Eines Morgens kam er nicht. Wir wachten um sechs Uhr auf, stellten es verwundert fest, drehten uns um, weil wir Urlaub hatten und zwei Tage später für fünf Tage nach Capri fliegen wollten und schliefen weiter. Viktor kam auch später nicht. Er kam den ganzen Tag nicht. Das war ungewohnt, das hatte er noch nie gemacht. Aber dass eine Katze mal eine Nacht wegbleibt oder einen Tag, das war nichts Besorgniserregendes, das kannte ich von unseren Katzen als ich noch ein Kind war.

Am nächsten Tag kam er auch nicht. Die Kinder fragten nach ihm, Natalie fragte nach ihm, die Schwiegereltern, die die Kinder abholten, damit Konrad und ich romantische Tage auf Capri verbringen konnten, fragten nach ihm. Die Nachbarn fragten nach ihm und ich machte mir langsam Sorgen. Gut, dass Natalie, unser Au-Pair, dableiben würde, sie machte sich auch Sorgen und hoffte, dass er bald gesund wiederkommen würde.

Wir flogen am Samstagnachmittag von Frankfurt nach Neapel, dann fuhren wir mit der Fähre nach Capri. Die Kinder wussten wir gut versorgt, aber um Viktor machten wir uns Gedanken. Um uns nicht gegenseitig zu beunruhigen, sprachen wir nicht über ihn. Sonntagnacht schlief ich schlecht. Montagnacht hatte ich einen Traum: ich sah meinen Kater. Er war dünner als ich ihn in Erinnerung hatte. Aber er lebte. Am Dienstag hielt ich es nicht mehr aus, ich musste daheim anrufen. Als sich Natalie meldete, brauchte ich gar nicht zu fragen. „Nein, Beate, Viktor ist nicht gekommen, ich hoffe es ist ihm nichts passiert." Das hoffte ich auch, aber um Natalie und mich nicht noch mehr zu beunruhigen, sagte ich: „ach Natalie, weißt du, Katzen bleiben manchmal eine Zeitlang weg, Viktor kommt schon wieder." Aber es war mir schwer ums Herz.

Nun liebe Leser, nicht dass ihr meint, wir hätten den Capri-Urlaub nicht genießen können. Zumal Urlaub ohne Kinder ein absolutes High-Light war. Wir haben den Urlaub genossen: Capri, die Piazza, die steil aufragenden Felsen aus dem türkisfarbenen Meer, die blaue Grotte, Ana Capri, die Villa San Michele, alles haben wir genossen. Aber in der Nacht zum Freitag habe ich dann wieder von Viktor geträumt. Er war in meinem Traum noch dünner geworden. Furchtbar dünn und struppig. Aber er lebte. Ich rief wieder bei Natalie zuhause an. Wieder kein Lebenszeichen vom Kater, aber Natalie sagte: „Wir müssen ihn im Wald suchen." Ich antwortete: „O.k. Natalie, das machen wir, wir werden ihn im Wald suchen, sobald wir wieder zuhause sind". Damit legte ich auf. Als ich Konrad von dem Gespräch mit Natalie erzählte, verdrehte er die Augen. Mein Mann war eher einer von der rationalen Sorte Mensch. „Wieso sollte der Kater im Wald sein? Und wie will Natalie das wissen? Ist doch ein wenig abwegig, oder nicht?" „Konrad, wenn Natalie eine Ahnung hat, wo Viktor sein könnte, dann wird schon was dran sein. Besser im Wald suchen als gar nichts tun!" Ich war ein bisschen verärgert, aber eigentlich hatte ich inzwischen Angst, dass dem Kerlchen wirklich etwas Ernstes zugestoßen sein könnte. Viktor war jetzt 4 Jahre bei uns und ich wollte auf keinen Fall, dass er bei den Katzen sein sollte, die früh sterben. Und Konrad hatte auch Angst, wollte es aber weder ansprechen, noch zugeben. Wahrscheinlich war er deswegen so barsch gewesen. Auf dem Heimflug sprachen wir kaum. Auf der Zugfahrt nach Hause auch nicht. Die Schwiegereltern waren mit Romeo und Kira schon angekommen. Natalie hatte sie bereits informiert, dass Viktor immer noch nicht da war. Besorgte Minen begrüßten uns.

Am nächsten Tag machten wir uns auf den Weg. Viktor war nun den achten Tag weg. Wir nahmen die Fahrräder, Natalie, Kira, Romeo und ich. „Natalie, sag uns wohin!" Sie streckte die Hand aus, zeigte zum Rheindamm, an den sich der Waldpark anschloss und sagte: „in den Wald!". Wir fuhren los, nahmen einen kleinen Weg zum Waldweg und dann dem VfL-Stadion entlang zum Damm. Wir drückten die Räder die kleine Anhöhe hinauf. Ich sah zu Natalie, sie deutete nach rechts, wir bogen rechts ab und fuhren in Richtung Silberpappel. Wir begannen zu rufen: „Vieeektoor, Vieeektooor, Vieeektooor, Vieeektooor!" Dabei suchten wir mit unseren Blicken vor allem den Rheinwald ab, wo wir das Wasser vom Rhein durchschimmern sahen. Rechts zogen die Sportplätze an uns vorbei. Plötzlich hatte ich die Eingebung, dass wir halten müssten. Liebe Leser, fragt nicht warum gerade da oder weshalb gerade in dem Moment. Ich wurde das jedes Mal gefragt, wenn ich die Geschichte, wie wir Viktor gesucht hatten, erzählt habe. Ganz ehrlich, ich wusste es nicht, warum wir halten und von den Rädern absteigen sollten, ich wusste es einfach. So wie Natalie wusste, in welche Richtung wir fahren mussten. Ich rief ihr und den Kindern zu: „hier müssen wir stoppen, Viktor muss ja ein bisschen Zeit haben, wenn er uns rufen hört und zu uns kommen möchte." Die drei stiegen von ihren Rädern, wir riefen weiter: „Vieeektooor, Vieeektooor, Vieeektooor!" Und dann traute ich meinen Ohren kaum: „Schschscht, Schschscht, Schschscht, bleibt mal kurz still!" Sofort verstummten alle und wir lauschten. Tatsächlich er antwortete, unser Viktor antwortete! Er antwortete! Er miaute! Er war es, wir wussten es und schauten uns an, mit offenem Mund und strahlenden, ungläubigen Augen. Wir standen auf der Höhe des Turnerheimes, gleich neben dran war der Schützenverein. Ich rief noch einmal. Eindeutig, Viktor schrie zurück und sein Maunzen kam aus der Schließanlage. Ich stellte mein Rad ab und rannte zu dem niedrigen Zaun, auf dem „Betreten verboten – Lebensgefahr" stand. Natalie war bei den Kindern geblieben. Das Schild mit der Aufschrift sprach mich überhaupt nicht an und ich kämpfte mich über den Zaun und durch die Brombeerhecken. Zuerst sah ich den Schießbunker. Betonierte Wände, in die Tiefe gebaut: ca. acht Meter lang, vier Meter breit und vier Meter tief. Ich hörte Viktor miauen. Dann schaute ich in die hintere Ecke und ging nah an den Bunker heran.

Da sah ich ihn und er sah mich!

So hatte ich ihn noch nie gesehen. Schwarze Augen, nur schwarze Pupillen. Diese weit aufgerissen, als ob er eine Erscheinung, einen Geist sehen würde. Und seine Nackenhaare standen, und er fletschte seine Zähne, als ob er tief erschreckt von dem war, was er in dem Moment sah, nämlich mich. Als ob er es nicht glauben könne, und fürchtete, einem Trugbild aufzusitzen.

Doch als ich wieder rief: „Viktor, Viktor, wie bist du denn da hineingeraten, endlich haben wir dich gefunden", da miaute er jämmerlich und entspannte sich. Als ich mich umschaute, sah ich am Rande des Bunkers einen langen Ast liegen. Den zerrte ich aus den dornigen Brombeerhecken und ließ ihn schräg in den Bunker hinunter, der absolut leer war. Es reichte gerade. Der Ast ragte noch fünf Zentimeter über den Rand, was ein Glück! „So Viktor, jetzt versuch hochzukommen!" Ach, unser schlauer Kater! Das hätte ich nicht zu sagen brauchen. Viktor hatte sofort verstanden. Kaum war der Ast, der ungefähr fünfzehn Zentimeter dick war, auf der Betonplatte angekommen, stürzte er hin. Dann zog er sich, Zug für Zug, die Krallen fest in die Rinde getackert, den Ast hoch - mich die ganze Zeit mit seinen großen schwarzen Augen im Blick. Dabei schien er zu sagen: „Ich komme, ich komme! Bleib da, wo du bist, ich bin gleich oben!" Natürlich blieb ich an der gleichen Stelle, oben am Ende des Astes. Ich glaube, ich feuerte ihn noch an, obwohl das absolut nicht nötig war. Der Kater wusste, was er zu tun hatte und was er wollte, nämlich raus aus diesem Bunker, wo er acht Tage lang, ohne etwas zu fressen, gefangen war.

Viktor kletterte in einem Affenzahn den Ast hoch, doch kurz bevor er oben war, schien er seine Schwäche zu spüren und er kam ins Stocken, aber da war ich schon in der Hocke, bekam ihn zirka zehn Zentimeter vor dem Bunkerrand zu fassen und zog ihn an seinen Vorderläufen hoch. Er maunzte kläglich, ich nahm ihn auf den Arm, drückte sein dürr gewordenes Köpfchen an meine Schulter und weinte. Die Tränen liefen mir übers Gesicht. Aber ich hatte meinen Viktor fest im Arm und suchte den Weg zurück durch die Dornen, über den Zaun mit dem Schild „Lebensgefahr". Das hätte Viktor mal lesen und ernst nehmen sollen!

Auf dem Weg warteten Natalie und die Kinder. Als sie Viktor sahen und mich weinend, dann weinten sie auch. Wir weinten alle. Eigentlich wollte ich den abgemagerten Kater auf dem linken Arm nachhause tragen und mein Fahrrad mit der rechten Hand schieben. Nichts da! Er machte sich frei, sprang von meinem Arm und rannte uns voraus - nachhause! Die Kinder setzten sich aufs Rad, Natalie und ich kamen fast ins Rennen, so schnell lief er. Er wollte nachhause. Unbedingt!

Dort angekommen, verlangte er Einlass, ging schnurstracks in den Keller und ließ sich Wasser und Nassfutter geben. Das Tierchen sah erbärmlich aus. Vorher ein stattlicher Kater mit einem wunderbar weichen Fell, einem imposanten Kopf und einem schönen dicken gepflegten Schwanz, war er nun nur noch ein Schatten seiner selbst: abgemagert, struppig, nervös und er schien um die Hälfte geschrumpft zu sein. Wie von Sinnen machte er sich gierig über sein Futter her. Die Hälfte schaffte er, die andere Hälfte holte er bröckchenweise aus seiner Schüssel - und versteckte sie. Ja, wirklich, es war unglaublich, er versteckte den Futterrest, vermutlich aus Angst, er würde nicht mehr da sein, wenn er wiederkäme. Was der Mangel in ihm ausgelöst hatte!

Sein Schießbunker-Unfall, vermutlich war er auf der Jagd nach einer Maus oder einem Vogel gewesen und war dann hineingestürzt - war deshalb so schwerwiegend und fast aussichtslos geworden, weil in den Pfingstferien kein Schießbetrieb war und ihn niemand von den Schützen hatte sehen und herausholen können.

Vor dem Geschehnis war er meist nachts und tagsüber unterwegs gewesen, aber als er danach wieder zuhause war, wollte er nicht mehr hinaus. Er war schwach und wollte in unserer Nähe sein und schleppte sich immer wieder die Treppe hinunter, um zu sehen, ob Futter da war bzw. ob er von uns welches bekam. Den Rest ließ er sich nicht wegräumen, sondern versteckte ihn wieder an allen möglichen Stellen im Keller, wo man schlecht hinkam. Au weia, dachte ich, wie das wohl in ein paar Wochen stinken würde - wie die buchstäbliche Leiche im Keller. Aber ich brachte es nicht übers Herz, ihn davon abzuhalten, so leid tat er mir, denn es ging ihm von Stunde zu Stunde schlechter. Er vertrug das Essen definitiv nicht mehr und wir wussten nicht, ob seine Organe vielleicht doch durch den langen Nahrungs- und Flüssigkeitsverlust gelitten hatten. Da ich bei meiner Arbeit sehr eingespannt war, ging Konrad mit Viktor zu Dr. Bertl. Eine gute Entscheidung. Der untersuchte ihn sanft, gab ihm eine Heparinspritze, damit sein verdicktes Blut wieder ins Laufen kommen und eine

Aufbauspritze, damit er wieder zu Kräften kommen sollte. Dann gab er Konrad eine Handvoll Dosen mit Katzen-Astronauten-Futter (als ob neuerdings Katzen im Weltall rumfliegen würden. Hat die russische Hündin Leyla in den 60er Jahren nicht gereicht?) Organisch schien alles o.k. Dr. Bertl gab aber zu bedenken, solch eine Krise könne psychische Spätfolgen haben, dann wäre es gut, ihm ein Antidepressivum zu geben. (Heute würde man Posttraumatisches Belastungssyndrom dazu sagen). Wir sollten beobachten, ob er Wesens- oder Verhaltensveränderungen zeigen würde.

Hat er aber nicht! Dem Himmel war Dank! Die Spritzen schlugen augenblicklich an, mit der Aufbaukost kam Viktor gut zurecht, so dass er nach einer Woche wieder normal fraß und wieder nach draußen ging. Sein Fell war bald wieder glänzend und er pflegte sich wieder, im Bunker war im dafür buchstäblich die Spucke ausgegangen. Zähne verlor er keine und er jagte auch bald wieder. Wir hofften, er würde nicht mehr so weit weggehen. Doch weit gefehlt. War er nahe des Rheindamms in den Schießbunker gefallen und die vier Meter hohen glatten Betonwände nicht mehr hochgekommen, hieß das, dass er sein Revier bis dahin ausgedehnt gehabt hatte. Und er verringerte es wegen des Malheurs, trotz unseres Wunsches, nicht. Immer wieder trafen wir ihn in der Gegend: Wenn wir dort spazieren gingen oder mit den Rädern fuhren, kam er plötzlich gesprungen, weil er uns gehört hatte. Dann grüßte er kurz „Miau", wartete, bis wir zurückgegrüßt hatten und verschwand dann wieder: als Kater hatte man ja zu tun!

Viktor erweitert seinen Hofstaat, weiß aber, wer wofür zuständig ist

Viktor begleitete auch die Nachbarn auf Spaziergängen und bezog nach und nach deren Garten und ihr Haus in seinen direkten Herrschaftsbereich mit ein. Ich hatte den Eindruck, es wurde ihm bei uns zunehmend zu laut. Kira und Romeo spielten oft wilde Spiele. Wenn Freundinnen und Freunde da waren, war der Lärm ohrenbetäubend. Das mochte der Herr Kater gar nicht. Auch Staubsauger, Küchenmixer und Flötenspiel, Kiras Geige und lautes Radio waren ihm ein Graus. So suchte er eine Alternative. Und die gab es im schönen, ruhigen Haus der Nachbarn, einem kunstliebenden Paar ohne Kinder mit einem wunderschönen Garten, die oft zu Hause waren und Zeit und Muse hatten, sich mit ihm zu beschäftigen. Er genoss das sehr und begann, den Tag über dort zu sein. Wenn wir aus dem Haus gingen, war er sowieso ein paar Stunden allein.

Je älter er wurde, desto mehr gewöhnte er sich an, die Nächte draußen zu verbringen. D. h. er kam morgens um sechs Uhr, um mich zu begrüßen, ließ sich kurz streicheln und an den Öhrchen zwirbeln (das mochte er sehr!). Dann machte er sich über sein Futter her und verließ mit uns das Haus, um bei Nachbars zu schreien, Einlass zu bekommen und sich dort auf die inzwischen vorhandene Decke zu werfen und zu schlafen. Es gab dort auch einen Katzennapf, der angeschafft worden war und Futter, so dass er bei Manfred und Anneliese volle fünf Sterne Versorgung hatte. Ob dies mich, die Kinder und Konrad gekränkt hat? Ob wir eifersüchtig waren? Nein, waren wir nicht. Ehrlich nicht. Vielleicht nur ein ganz kleines bisschen. Denn Katzen suchen sich ihre Leute und ihre Plätze. Das hatte uns unsere Mutter früher schon immer gesagt und von Viktor wussten wir, dass er einen absolut eigenen Katerkopf hatte. Und dass ihm die Nachbarn eine Art Katzen-Club-Méditerranée boten, und ihm jeden Wunsch von den Augen ablasen, dafür konnte er ja nichts. Wir waren eher erstaunt, dass die Nachbarn völlig ungeniert und mit größter Selbstverständlichkeit unseren Kater mit der oben genannten Infrastruktur okkupierten und korrumpierten. Aber da wir sie wirklich sehr gern mochten und sie Viktor immer gern versorgten, wenn wir weg waren, kamen keine schlechten Gefühle auf und die Zuständigkeiten waren geregelt. Viktor war unser Haustier und er bezog halt die Nachbarn in seinen Servicebereich mit ein.

Für die wichtigen Dinge blieb ich verantwortlich, jährliches Impfen zum Beispiel oder zum Tierarzt fahren, wenn er mit einer Revierkampf-Blessur nach Hause kam, die sich entzündete. Oder, wenn er ausnahmsweise einmal krank war. Er war schlau. So sehr er das recht grobe Verfrachten in den Katzenkorb hasste, so gut hatte er kapiert, dass der Mann, zu dem er darin gebracht wurde, irgendetwas mit seinem Wohlbefinden zu tun haben musste. Ich kann es mir nicht anders erklären (euch, lieben katzenkritischen Lesern und Leserinnen zum Trotz), denn eines Morgens kam der Kater nach Hause, wollte nicht fressen, sondern legte sich mit einem erbarmenswürdigen Blick vor mich hin und wollte nicht wieder aufstehen. Als ich ihn streichelte, zuckte er leicht zusammen und als ich seine Öhrchen zart zwirbelte, maunzte er kläglich und ich spürte, wie heiß sie waren. Dass es ihm nicht gut ging, war klar. Aber was hatte das Kerlchen? Meine Unsicherheit schien ihm nicht verborgen zu bleiben, denn er stand mühsam auf und ging zu seiner Katzenklappe in der Tür zum Keller. Ich öffnete ihm die Tür und er schleppte sich die Kellertreppe hinunter. Dann ging er doch tatsächlich freiwillig zu seinem Katzenkorb, der unter einer Ablagebank stand. Als ich ihm die kleine Gittertür öffnete, kroch er hinein und legte sich hin, dumpf vor sich hinstarrend. Da hatte auch ich es kapiert, er wollte zum Tierarzt! „O. k., Viktor", sagte ich „dann lass uns gehen". Noch nie war der Transport so unwidersprochen und ruhig vor sich gegangen. Der Kater war wirklich malade. Dr. Bertl untersuchte seine Ohren, legte den Fieberthermometer an und sagte: „erkältet!". Dann sah er ihm in den Rachen und in die Ohren, tastete ihn ab, woraufhin Viktor leise maunzte. „Gliederschmerzen! Ohren, Rachen o. k. Wird eine Woche dauern, dann ist er wieder fit. Ein kleiner grippaler Infekt." Damit waren wir entlassen und Viktor ging es nach einer Woche wieder gut, nachdem er sich – natürlich bei uns zu Hause – auskuriert hatte.

Wenn er mich im Garten sah, meist waren wir ja bei der Arbeit oder die Kinder in der Schule, kam er von Nachbars Terrasse herüber und legte sich vor mich ins Gras und streckte mir seinen hellbeige-braunen Bauch entgegen und ließ sich darüber streichen. Besonders gern hatte er es, wenn ich ihn mit der Hand zart umfasste und ihn vorsichtig, hin und her schüttelnd, bewegte. Dann schnurrte er in der Lautstärke eines kleinen Traktors und schloss genüsslich die Augen. Seine rosa farbenes Zünglein lag dabei so entspannt in seiner Schnauze, dass die Spitze zwischen seinen Vorderzähnen aus dem Mund hing. Und wenn das Wetter schön und nicht zu heiß war, liebte er es, sich an einer ganz bestimmten Stelle, zirka einen halben Meter von der Terrasse entfernt, geradezu wollüstig im Gras zu wälzen, die Pfoten weit von sich gestreckt und in die Luft tretelnd. Dies war Wonne pur! Für den Kater und für mich, die an dieser sinnlichen Freude teilhaben durfte, allemal.

So vergingen die Jahre. Viktor war ein ruhiges, liebes, eigenständiges und dabei stets präsentes Mitglied unsere Familie (und der Nachbarn). Er prägte aber in hohem Maß unsere Abläufe. Er selbst ließ sich von unseren Gepflogenheiten nur dann beeinflussen, wenn sie ihm nützten oder sonst wie gefielen. Ja, ich muss es wirklich so sagen, unser Viktor war der geborene, perfekte

Egoist. Oft dachte ich, sollte ich wieder auf diese Welt kommen, dann als unser Kater!

Eines Tages fand ich mich neben Viktor hockend wieder. Ich hatte ihm gerade ein Döschen Nassfutter in sein Schüsselchen getan und die glatte, mit Gelee bezogene Masse mit einer Gabel zerteilt, damit er die Bröckchen gut aufnehmen konnte. Denn sonst würde er nur das Gelee abschlecken. Warum hockte ich denn plötzlich neben ihm? Liebe Leserinnen und Leser, ich habe keine Ahnung, warum. Und dann kraulte ich ihn, während er fraß. Warum ich das tat, weiß ich auch nicht, aber ich tat es. Und Viktor? Er schien es gut zu finden! Er fraß seine mundgerechten Stückchen, (vorzugsweise mit Rind oder Thunfisch, Geflügel verweigerte er), ließ sich von mir währenddessen walken und schnurrte sein lautestes Traktorengeräusch. Vor Wohlbehagen, nehme ich an. Dabei fühlte ich mich noch nicht einmal benutzt! Nein, ich hatte indirekt teil an diesem wollüstigem Geschehen und bekam die Assoziation, ein römischer Frauengemachs Sklave zu sein, der mit einem Riesenfächer aus Pfauenfedern seiner halb entblößten Matrona Luft zu wedelt, die sich Trauben essend auf einem Diwan räkelt. Und der sich dabei alles andere als schlecht fühlt! Wahrscheinlich hatte es mit Hypnose zu tun. Denn als meine Schwiegermutter zu Besuch war, die mit Viktor in den Keller ging, um ihm sein Futterdöschen zu öffnen, fand ich sie in der gleichen Haltung, nämlich neben ihm hockend und ihn streichelnd. Als ich sie fragte: „Anna, was machst du da?", blickte sie auf und antwortete: „Du, der Viktor will das so!" Na, dann!

Viktor und andere Tiere

Ganz am Anfang habe ich es, glaube ich, erwähnt. Unser Kater war ein Einzelgänger. An Sozialkontakten mit Artgenossen war er nicht sonderlich interessiert. Liebe Leser, genau genommen konnte er andere Katzen nicht leiden. Wenn ich das so sage, dann nicht, weil ich zum Vermenschlichen von Haustieren neige. Nein, ich sage und schreibe das so, weil ich Augen und Ohren im Kopf habe.

Fangen wir also mit den Katzen an. Starke Kater fürchtete er, vermutlich seit ihm einer einmal ganz fürchterlich seine Reißzähne in den Kopf geschlagen hatte. Die vom Fell bedeckten, kleinen Wunden hatten sich entzündet, was wir lange nicht bemerkt hatten. Auch Dr. Bertl fand sie nicht, obwohl Viktor eindeutig krank war. Er lag mit trüben Augen auf seiner Decke, fraß nicht und wollte nicht angefasst werden. Als er heiße Ohren und 2 dicke Huppel auf dem Kopf bekam, ging Konrad wieder mit ihm zu Dr. Bertl, der ein guter, wenn auch manchmal robuster Tierarzt war. Eine verweichlichende Haltung seinen tierischen Patienten und deren Besitzer und Besitzerinnen gegenüber konnte man ihm wahrlich nicht nachsagen. Er diagnostizierte eine schwere Entzündung, gab ihm Antibiotika und behandelte seine Wunde ohne jegliche Betäubung (hätte das Tier noch mehr geschwächt... Originalton!). Konrad, der den Kater mit Frau Bertl zusammen, halten musste, erzählte später, er sei kurz davor gewesen, in Ohnmacht zu fallen. Die mehrfache Eiterentfernung und Desinfektion der Wunde gab dem armen Kater auf jeden Fall den Rest an Tierarztpanik. Er wurde zwar schnell wieder gesund, aber die Fahrten zu Dr. Bertl konnte er noch weniger aushalten als zuvor. Mit den Katern hatte es sich jedenfalls ausgekämpft. Im Gartenbereich gab es keinen, der ihm hätte gefährlich werden können. Vor dem Haus traf er manchmal einen, der über den Spielplatz vor unserem Haus gelaufen kam. Dann nahm er seine vier Pfoten in die Hand, fußelte los, sprang auf den Sims unseres Küchenfensters, schrie Mordillo, und ließ sich, wie schon an früherer Stelle kurz erwähnt, retten.

Mit der rot-weißen alten Katze linker Hand, ich glaube sie hieß Martha (würde auf jeden Fall zu ihr passen) hatte er ein lady-gentleman-agreement ausgehandelt: wie eine unsichtbare Linie zog sich die Reviergrenze, etwa 30 Meter von unserer Haustür entfernt, quer über die Spielstraße, die vor unserem Reihenhaus verlief. Martha überquerte sie nie. Viktor ging nur rüber, wenn Martha nicht zu sehen war, bevorzugte aber den Weg über den Spielplatz. Manchmal waren beide da und bemerkten natürlich sofort die Anwesenheit des jeweils anderen. Sie bewegten sich aber nicht direkt aufeinander zu, sie sahen sich auch nicht an. Ihr Gesichtsausdruck sagte jeweils: „Ich weiß ganz genau, dass du da bist. Mach bloß keine Mätzchen!" Wobei dies von Lady Martha ohnehin nicht zu erwarten gewesen wäre. Sie war eine Dame mit Stil, aber auch mit Revierbewusstsein - Adel verpflichtet! Und Viktor (siehe vorne) war kein Kämpfer. Trotzdem gaben sich die beiden bei jeder Begegnung dieses Ritual, um dann vis-à-vis - die unsichtbare Grenze exakt in der Mitte - etwa 40 Zentimeter voneinander entfernt dazuliegen und gelangweilt zu schauen. So stelle ich mir das Gehabe von Stasi- und BND-Beamten vor, die die Glieniker Brücke zwischen Berlin und Potsdam bewachten und darauf warteten, dass endlich wieder ein Agenten-Austausch stattfinden würde.

Ganz anders verhielt sich unser Kater zur Katze rechter Hand, einer lieben, freundlichen, zierlichen Tigerkatze, die nur ein Auge hatte und dadurch wohl etwas gehandicapt und unsicher war. Mit ihr irgendwas auszuhandeln, fiel Viktor gar nicht erst ein. Stattdessen erschreckte und scheuchte er sie, sobald er sie auf einem seiner Spaziergänge in der Nähe des Nachbarhauses antraf. Die kleine Mieze entfernte sich nämlich nie weit von zuhause. Auf ihr Schreien hin kam die Nachbarin heraus, jagte Viktor davon und nahm das verängstigte Kätzchen tröstend in die Arme.

Dann kam Nemo auf den Plan. Und hier wurde es interessant, denn Nemo war ein kleiner Kater, der bei Fischers eingezogen war. Und Fischers Garten grenzte an unseren und gehörte zu Viktors Gebiet. Schnell war ihm klar, dass er ihn nur als seinen Einflussbereich behalten konnte, wenn er den kleinen Nemo nicht behelligen würde. Er war orange-weiß, noch pummelig mit kurzem, eher drahtigen Fell und riss seine Augen weit auf, wenn Viktor in seine Nähe kam. Dieser hätte sich zwar (noch) nicht wehren können, wenn er ihn geärgert hätte, aber Lioba und Michel hätten es nicht geduldet und ihn verjagt. Auch das hat unser Kater gelernt, dass die Besitzer anderer Katzen einen nicht unerheblichen Einfluss darauf hatten, was er sich bei ihnen erlauben durfte. Gartenschläuche waren nämlich schnell zur Hand. Wasser hasste unser Kater übrigens. Besonders wenn es ihn als harter Strahl aus einer langen Gummischlange attackierte. Manchmal kam er durchnässt und übellaunig von einem seiner Streifzüge zurück. Da wussten wir, dass er sich wohl irgendwo danebenbenommen hatte.

Nun wieder zu Nemo. Also, Viktor verhielt sich ihm gegenüber neutral bis tolerant, tat so, also es ihn nicht gäbe, was nicht mit irgendeiner Form von Akzeptanz verwechselt werden durfte. Dass er sich bei Fischers gut benahm, hatte übrigens noch einen anderen Grund. Darauf werde ich später zurückkommen. Doch nun wieder zum Verhältnis zu Nemo. Dem kleinen Kater genügte es nicht, einfach in Ruhe gelassen zu werden. Er wollte mehr! Er wollte Beachtung von diesem Kater, der in seinem Bereich herumspazieren durfte. Und er wollte respektiert werden von ihm und wollte nicht nur als nicht beachtenswürdiges Baby gelten. So jedenfalls deuteten wir seine Motive, als er den Zaun zwischen Fischers und unserem Garten übersprang und in Viktors Kernbereich eindrang. Natürlich nicht ungestraft, denn Viktor bemerkte ihn sofort, obwohl wir ihn dösend auf der Terrasse in tiefen Träumen gewähnt hatten. Er sprang auf und rannte wie der Blitz zur Gartenecke, wo Nemo es wagte, 20 Zentimeter vom Zaun entfernt, auf seinem Terrain zu stehen. Fauchend und buckelnd baute er sich vor dem kecken Jungkater auf, der mit einem Satz über den Zaun zurück hechtete und in Sicherheit war. Viktor fixierte ihn noch kurz, drehte sich um und trottete zur Terrasse zurück. Legte sich wieder hin und döste weiter, als ob nichts geschehen wäre. Nemo indes saß hoch aufgerichtet im Nachbargarten (wenn man es bei einem noch knuddeligen, eher runden Jungtier so nennen konnte - aber er streckte sich merklich nach oben!) ganz nahe an der Grenze und schien mehr als zufrieden: der große, starke Kater von gegenüber hatte endlich Notiz von ihm genommen! Das war das Risiko wert gewesen.

Auf diese Weise ging es etwa ein Jahr lang. Dann, aus welchem Grund auch immer, begann Viktor den äußerst gutmütigen und unterordnungswilligen Nemo zu dulden. Der Kleine hatte sich nie gewehrt, wenn er von Viktor weggejagt worden war, aber er hatte immer wieder versucht in die Nähe des Dominanzlings zu kommen. Bis Viktor den Widerstand aufgab. Dann folgten Jahre der friedlichen Koexistenz. Aber alles hatte seine Grenzen: die Terrasse und das Haus waren tabu, sowohl bei uns, als auch bei Schuhmachers. Und menschliche Ressourcen waren tabu: sobald wir Nemo streicheln wollten oder ihn ansprachen, wurde er rüde vertrieben. Futter wurde sowieso nicht geteilt.

Dass sich Machtkonstellationen aber dann doch irgendwann ändern können, wird später noch ein Thema werden. In der berichteten Phase fühlte sich Viktor jedoch als uneingeschränkter Herrscher seines kleinen Reiches.

Welche weiteren Artgenossen eine Rolle in Viktors Leben spielten, wissen wir nicht. Aber sicherlich hatte er in seinem Revier von ca. 2 km Ausdehnung die eine oder andere Begegnung, von denen er uns leider nichts erzählte.

Nun zu anderen Tieren, die in Viktors Leben eine Bedeutung hatten. Da ihr, liebe Leser und Leserinnen schon wisst, dass Fischers Garten schräg hinter unserem lag, lasst uns mit deren Hühnern beginnen. Nein, wir wohnen nicht im Dorf, sondern in einem Mannheimer Stadtteil. Zugegeben, Neckarau war einmal ein Bauerndorf gewesen, allerdings war die Haltung von Federvieh im Neubaugebiet Niederfeld nicht unbedingt üblich in den Neunziger Jahren. Trotzdem erfüllte sich Lioba mit einem geräumigen Hühnerstall und einem großzügigen, oben offenen Freigehege ihren Traum vom täglichen Frühstücksei. Ein Hahn wäre nicht erlaubt gewesen, der anzunehmenden Ruhestörung wegen. Und das leise Gackern der Hühner war ein wirklich charmanter

Laut, den wir gerne hörten. Als Viktor erwachsen und ein unbarmherziger Jäger geworden war, fürchteten wir anfangs, er könne sich an das vor seiner Nase flanierende Federvieh heranmachen. Doch die Hühner erwiesen sich als zu groß, zu schwer und vermutlich mit ihren spitzen Schnäbeln zu wehrhaft. So beließ er es damit, auf Nachbars Baum zu sitzen und sie zu beobachten. Dies tat er mit dem allergrößten Vergnügen. Seine Beine baumelten den Ast hinunter und sein Schwanz hob und senkte sich in freudiger Erregung. Nun, die Hühner bemerkten ihn natürlich und so ganz geheuer schien er ihnen nicht zu sein. Sie kamen in Aufregung, wenn er da war, was sie aufscheuchte und im Pulk schnell hin- und herlaufen ließ. Wie ein Zuschauer beim Autorennen auf dem Hockenheimring den Kopf hin- und herdreht, um die Rennwagen zu verfolgen, so drehte Viktor seinen dicken Katerkopf hin und her und verfolgte den Hühnerlauf von einer Seite auf die andere. Eine willkommene Abwechslung, die nach ein paar Jahren für Viktor leider zu Ende ging, als Fischers den Garten neu gestalteten und der Hühnerhof weichen musste.

Weitere Tiere, die einige Jahre in unserem Garten auftauchten, waren zwei Igel, die abends auf die Terrasse kamen, um eine paar Bröckchen trockenes Katzenfutter abzugreifen, ein paar Käsestückchen zu schnabulieren oder ein wenig Joghurt zu schlabbern. Die beiden süßen, munteren und zutraulichen stacheli-

65

gen Kerle machten einen Heidenlärm, hatten verheerende Tischmanieren und waren auch sonst ziemliche Dreckfinke, außerdem aßen sie Viktors Futter. Eigentlich hätte man erwarten können, dass dem Kater dieser Besuch alles andere als recht gewesen ist, denn er war auch gern auf der Terrasse. Besonders wenn Besuch da war, liebte er es mitzubekommen, was abging - wie die beiden Igel übrigens auch. Aber es geschah jedes Mal, wenn die drei Vierfüßer auf der Terrasse zusammen waren etwas überaus Merkwürdiges. Es geschah nämlich nichts! Weder betrachtete Viktor die beiden Stachel, noch nahmen diese Notiz von ihm. Als ob sie sich nicht erkennen würden und unsichtbar füreinander wären. Wir versuchten es uns so zu erklären, dass Igel und Katzen nicht in einer Nahrungskettenrelation zu einander stehen würden und daher kein Fress- oder Fluchtschema voneinander haben. Diese Idee war natürlich totaler Unsinn. Denn Hunde und Katzen fressen einander (gewöhnlich) ja auch nicht auf, nehmen sich aber durchaus wahr und treten in Interaktion unterschiedlichster Art.

Womit wir bei Viktors Verhältnis zu Hunden angekommen wären. Also ganz kurz gesagt, Viktor konnte sie wirklich nicht leiden. Er war zwar schneller als jeder Hund, der ihn zu jagen versuchte, allerdings fand er diese Art der Kontaktaufnahme überhaupt nicht prickelnd. Und deshalb stellte er sich auf Gegenoffensive um, unabhängig davon, ob er den jeweiligen Hund kannte. Gleichgültig war ihm auch, was er bislang mit ihm erlebt hatte.

So wurde jeder Hund, der an der Spielstraße entlang ging, ob angeleint oder nicht, Opfer von unerwarteten Attacken aus dem Hinterhalt. Viktor versteckte sich im Gebüsch, das rund um den Spielplatz verlief. Wenn der Hund dann auf seiner Höhe war, brach er aus dem Dickicht und stürzte sich mit seinen scharfen Krallen auf ihn, woraufhin der Hund aufjaulte. Viktor stob dann nachhause, sprang auf eine der Mülltonnen und erwartete, Gift und Galle spuckend, den Hund, der den hinterhältigen Angriff nicht auf sich sitzen lassen wollte. Nur konnte er den spuckenden Kater nicht erreichen, sondern sprang wütend an der Mülltonne hoch, bis Herrchen oder Frauchen kam und ihn wegzerrte oder einer von uns den fauchenden Kater ins Haus holte. Zwei Nachbarhunde hatten es besonders schwer mit ihm. Einmal die Rauhhaardackelin Susi, die sich, gefühlte hundertmal, Kratzer an der Schnauze holte und trotzdem ihre Annäherungsversuche nicht aufgab. Und eine superkleine Pinscherdame, die wirklich vor ihm geschützt werden musste. Wenn ihr etwas zugestoßen wäre, hätte jeder gewusst, auf wessen Konto ihr Tod gegangen wäre (im Gegensatz zum anfangs erwähnten Wellensittich, den Viktor inkognito gemeuchelt hatte).

Dann gab es noch Interaktionen mit einer Amsel, ja man hätte es ein „Tänzchen" nennen können. Aber davon will ich im Kapitel des älteren Viktor erzählen. Vorher noch ein dramatisches Geschehen, was ihn nachhaltig verändern sollte.

Auf Leben und Tod

Abwesenheiten sind bei Katzen, die vornehmlich draußen leben, immer wieder etwas ganz normales. Bei Viktor war das eher nicht so. Er war in seinen Gewohnheiten zuverlässig wie unser Radiowecker, vermutlich weil er seiner etwas chaotischen Familie eine gewisse Ordnung entgegensetzen wollte. So war sein Wegbleiben, was im Schießbunker geendet hatte, wirklich alarmierend gewesen. Ein anderes Mal warteten wir 2 Tage lang vergeblich auf ihn, am 3. Tag war er wieder da. Vermutlich wurde er aus einem Keller oder einer Garage befreit, in der er sich, neugierig wie er war, geschlichen hatte.

Aber was im April 2000 geschah, war der Supergau aller Katzenbesitzer: Viktor kam wochenlang nicht wieder!

Es begann wie die beiden Male davor: morgens früh um 6 Uhr war kein schreiender Viktor vor der Balkontür. Naja, dachten wir, vielleicht ist er wieder in einem Keller, einer Garage, einem Schacht. Wir rechneten damit, dass er bald wieder auftauchen würde. Anneliese war es natürlich auch gleich aufgefallen, aber wir dachten uns anfangs nichts dabei. Er kam am nächsten Tag nicht, am übernächsten Tag nicht, die ganze Woche nicht. Natürlich haben wir ihn gesucht, sind den

Rheindamm abgefahren - kein Viktor antwortete auf unser Rufen. Ich habe in den Schießbunker geschaut, kein Viktor drin. Wir haben die Nachbarn nach ihm befragt, niemand hatte ihn gesehen. Es war merkwürdig. Nach 2 Wochen sagten die ersten: „Der kommt wohl nicht wieder. Vielleicht wurde er überfahren. Vielleicht hat ihn ein Jäger erwischt (welcher Jäger?). Vielleicht hat ihn ein wildernder Hund erwischt (das hätte ein Wolf sein müssen!). Vielleicht hat ihn ein Wildschwein erwischt (hä, ein Wildschwein, das hätte ihm auf den Baum nachklettern müssen!). Vielleicht hat er etwas Giftiges gefressen (wo Viktor sogar an seinem Futter erst gerochen hatte, um zu prüfen, ob es noch frisch genug sein würde). Vielleicht ist er wo eingesperrt und kommt nicht wieder raus? Vielleicht, vielleicht, vielleicht!

Dass Viktor nicht wiederkommt, konnte ich mir nicht vorstellen, ich war sicher, dass er noch lebt. Woher ich die Sicherheit nahm? Ich weiß es nicht. Aber ich war mir sicher, dass er noch lebt. Etwas in mir drinnen sagte mir das. Und dann träumte ich von ihm: Er lebte, es ging ihm nicht gut, er war bei fremdem Leuten und er war ganz weit weg. Ich machte mir Sorgen! 2 Tage später las ich in der Tageszeitung, dass in Mannheim eine Anzahl von Katzen vermisst wurde. Und dass von den vermissten Katzen einige wieder aufgetaucht waren. Sie waren tätowiert gewesen und konnten ihren Besitzern zurückgegeben werden. Aber das Merkwürdige war: Sie wurden an weit entfernten Stellen gefunden, wohin sie nie und nimmer selber hingekommen sein konnten. Sie hätten dazu mehrere Autobahnen und Schnellstraßen überqueren müssen, was sie - hätten sie es versucht - sicher nicht überlebt hätten.

Katzenfänger! Auch der Mannheimer Morgen äußerte diese Vermutung. Es bestand also die Hoffnung, dass diese Verbrecher, die ihn gegriffen und in einen Transporter geschmissen hatten, ihn auch wieder herauslassen würden, denn Viktor hatte im rechten Ohr seine Tätowierung, mit der er bei Dr. Bertl registriert war. Und registrierte Katzen konnten an Versuchslabore, die für Tierversuche auch Katzen verwendeten, nicht verkauft werden. Nun galt es zu hoffen und auf Viktors Klugheit und Zähigkeit zu vertrauen, dass er es schaffen würde, wieder nachhause zu finden. Egal, wo er herausgelassen worden war.

„Aber du weißt ja gar nicht, ob Viktor auch gekascht worden ist" sagte Konrad mit erheblichen Zweifeln in seiner Stimme.

„Aber es ist die wahrscheinlichste Erklärung, oder? Viktor ist in der gleichen Zeit verschwunden wie die anderen Katzen. Und einige davon waren von der Rheinau und von hier" entgegnete ich und spürte meine Überzeugung, dass unser Kater noch am Leben war, geradezu körperlich. Die Kinder trauerten, aber ich konnte sie voller Überzeugung aufmuntern. Sie sagten dann: „Hoffentlich schafft er es, so allein!" und dann wurde ich auch ein wenig traurig, denn ich konnte mir vorstellen, welche Gefahren er dabei zu überwinden hatte und musste an die Heimkehr des Odysseus denken. Aber 10 Jahre Zeit hatte unser Kater nicht. Für seinen Weg würde er all seine ganze Kater-Kraft brauchen, als Senior würde er das nicht schaffen. Doch im Moment war er mit seinen 6 Jahren im besten Alter, solche Abenteuer zu bestehen. Er würde jagen müssen, um sich zu ernähren. Er musste sauberes Wasser finden, vor feindseligen Menschen flüchten, anderen Katern entgehen und vor allem musste er bei Kräften bleiben, um den Weg zurück von da, wo immer er auch war, zu bewältigen. Ich glaubte fest dran, dass er es schaffen würde! Und meine Träume, die ich alle paar Nächte hatte, bestätigten es. Ich sah Viktor im Traum lebendig und ich sah ihn laufen und laufen und laufen. Und in meinen Träumen lief er unbeirrt, als wüsste er ganz genau, wohin er wollte.

Es war merkwürdig leer ohne den Kater. Als ob etwas ganz Bedeutendes fehlen würde. Laut Feng-Shui-Lehre bewegen unsere Haustiere durch ihr Hin- und Herlaufen für uns Menschen die wichtige Lebensenergie, das Chi. (So habe ich es jedenfalls verstanden.) Als Viktor weg war, konnte ich das ganz deutlich nahezu körperlich spüren und ich vermisste ihn unsäglich.

Auch Anneliese, unsere künstlerisch sensible Nachbarin vermisste ihn. Sie winkte mich eines Nachmittags im Garten zu sich und sagte: „Komm mal rüber, ich möchte dir etwas zeigen!" Als ich zu ihr ins Wohnzimmer kam, lag ein geöffneter Briefumschlag auf dem Esstisch. Sie sagte „schau, ich habe ein Foto von Viktor an eine Freundin geschickt. Sie hat es ausgependelt und ein Chakrengutachten erstellt. Glücklicherweise wusste ich vage, was Chakren sind (Angeblich spirituelle Energie-felder, die sich an verschiedenen Stellen am menschli-chen Körper befinden und Auskunft darüber geben, wie die jeweilige Person energetisch, emotional, vom Ver-stand her und sexuell grad beieinander ist. Oder so ähn-lich). Aber dass Katzen auch Chakren haben... Nun, das Gutachten der Heilpraktikerin besagte, dass Viktor zu 95% am Leben ist und sich auf dem Weg zu uns be-findet. Und sie hatte Anneliese erklärt, wie sie die Rich-tung auspendeln könne, aus der er kommen würde bzw. wie sie feststellen könne, in welcher Richtung sein jewei-liger Aufenthaltsort sein könnte.

Als Konrad davon hörte, verdrehte er die Augen und sagte: „ich sage nichts dazu!"

Davon ließ ich mich natürlich nicht beirren. Wenn er den Kater auch gernhatte, aber den innigen Bezug zu ihm, wie ihn Kira, Natalie, Anneliese und ich hatten, die hatte er nicht.

So stand Anneliese morgens in ihrem Garten und pendelte über Viktors Chakrenbild und erklärte dann, „er ist wahrscheinlich in der Pfalz (ein Landstrich, der über dem Rhein in Richtung Nordwesten liegt), oder sie sagte, dass er näher kommt, dann dass er noch näher ist und zuletzt: „jetzt ist nur noch der Rhein dazwischen". O.k. das war doch mal eine Ansage! Es war inzwischen Pfingsten, eine ideale Zeit für einen Fahrradausflug, zu-mal das Wetter richtig schön war. Und so sagte ich zu meiner Familie: „Morgen machen wir eine Radtour. Wir nehmen die Fähre und setzen nach Altrip über, dann fahren wir durch den Rheinwald und suchen den Viktor". Konrad drehte die Augen zum Himmel: „nur weil Anneliese jeden Tag mit dem Ding da im Garten rummacht…", dann verstummte er, weil er die interessierten Blicke der Kinder sah. Prompt fragte Romeo: „Was macht Anneliese mit welchem Ding, Mama?" Und ich antwortete ihm: „Anneliese versucht uns zu helfen, den Viktor wieder zu bekommen. Und gestern hat sie die Idee gehabt, er könne über dem Rhein sein. Und deshalb möchte ich ihn da drüben suchen." Darauf Romeo: „Wie damals mit der Natalie?" „Ja, vielleicht haben wir wieder Glück und finden ihn". Romeo war überzeugt, dass es eine gute Idee war, Kira fand es megapeinlich, mit dem Rad durch die Gegend zu fahren und nach einem Kater zu rufen. Aber zuhause bleiben wollte sie auch nicht. Am Pfingstmontag gegen 11.00 starteten wir. Mit den Rädern ging es zum Großkraftwerk, wo die Autofähre ablegte und Autos, Radfahrer und Fußgänger über den Rhein brachte. Drüben angekommen schwangen wir uns auf die Sättel und fuhren Richtung Altrip, dann den Rheindamm rauf und runter und riefen: „Vieektoor, Vieektoor, Vieektoor". Aber nichts geschah. Auch als wir immer wieder anhielten, um zu horchen, ob er vielleicht antwortete, geschah nichts. Wir fuhren noch die Wege um die Baggerseen ab, aber auch da war keine Spur von unserem Kater. Wir gingen Mittag essen, aber keinem von uns mochte

74

es so richtig schmecken. Dann kurvten wir noch ein bisschen ziellos herum, um drei Uhr nachmittags waren wir wieder zuhause, alle ein wenig enttäuscht. Konrad tröstete die Kinder: „Seid nicht traurig, vielleicht hat er uns gehört und weiß jetzt, dass wir ihn suchen und kommt uns nach." Kira sagte daraufhin: „Und wie soll er über den Rhein kommen? Etwa schwimmen? Viktor hasst Wasser!" „Nee", erklärte Konrad daraufhin ganz ernsthaft, „wie wir, mit der Fähre." „Aber er hat doch gar kein Geld dabei", nun mischte sich Romeo ein, „wie soll er dann mit der Fähre kommen?" „Ach, weißt du Romeo, Katzen kosten nichts, genau wie Hunde, die kosten auch nichts!" Konrad blickte äußerst zuversichtlich, so dass sich die Kinder beruhigten.

Was dann am nächsten Morgen passiert ist, liebe Leser und Leserinnen, das könnt ihr euch nicht vorstellen. Es war der Dienstag nach Pfingsten, die Kinder hatten Pfingstferien und Konrad und ich hatten Urlaub. Wir hatten uns eigentlich schon darauf eingestellt, auszuschlafen, wachten aber ganz früh von einem vertrauten Geräusch auf! Ich hätte es mir auch nicht vorstellen könne, ja ich hätte es nicht geglaubt, wenn es mir jemand erzählt hätte. Aber es war genauso, wie ich es jetzt berichte.

Um Punkt sechs Uhr stand Viktor vor der Balkontür und schrie.

Natürlich traute ich meinen Ohren, dann meinen Augen nicht. Doch tatsächlich, da stand unser Kater und maunzte. Er wartete darauf, über den Kopf gestreichelt zu werden, um dann sein Kinn zu heben, damit ich ihm seine Schnauzenunterseite reiben sollte. Dann wollte er die Öhrchen gezwirbelt bekommen, wie er es halt gewohnt war. Ich war so perplex, dass ich ihn nur anstarrte. Es dauerte eine Weile, bis ich begriff, dass unser vermisstes Katerchen wieder da war! Leibhaftig! Dann hob ich ihn hoch, nahm ihn in den Arm, herzte ihn, drückte ihn an mich, erzählte ihm unsinniges Zeug und drehte mich mit ihm im Kreis vor Freude. Er sah mich an, als ob ich etwas balla-balla wäre, machte sich von meinem Arm frei, sprang herunter und lief zu seiner Katzenklappe, er musste fürchterlichen Hunger haben.

Endlich erholte ich mich von meinem freudigen Anfangsschock, denn ich hätte wirklich nicht erwartet, dass Viktor einfach morgens wieder vor der Tür stehen würde. Ich rannte die Treppe hinunter, er stand schon vor seiner Katzenschüssel und blickte mich, wie es mir schien, vorwurfsvoll an. Als ich ihm ein Döschen Whiskas öffnete, stürzte er sich darauf, ob nun das Futter zerteilt war oder nicht und fraß seinen Napf in Windeseile leer. Dann schaute er mich an, ich schüttelte den Kopf: „nein Viktor, das reicht fürs erste! Lass dich mal anschauen." Der Kater war ein wenig zerzaust und sein Fell stumpf und struppig. Er schien ein bisschen abgenommen zu haben, aber im Großen und Ganzen schien es ihm gut zu gehen. Auf seinem Rücken sah ich ein paar schlecht verheilte Kratzwunden und die rechte Pfote schien ein bisschen verletzt zu sein. Er hatte also

Futter und Wasser gefunden und sich recht wacker durchschlagen können. Als Viktor sich dann die Kellertreppe hochzog, konnte ich sehen, wie erschöpft er war. Im Wohnzimmer warf er sich auf seine Decke, die auf ihn wartete.

Ich machte Kaffee und setzte mich, die Tasse in der Hand, neben ihn. Da lag er und schlief. Sein Brustkorb hob und senkte sich. Er atmete. Er lebte. Er war wieder bei uns.

Eine Stunde später kam Konrad zum Frühstück herunter und als er den Kater sah, brachte er nur heraus: „ich glaub es nicht", dann ließ er sich in den Sessel fallen und schaute Viktor besorgt an: „wie geht es ihm?" Ich antwortete: „ich glaube gut. Wir werden sehen. Sicherheitshalber fahre ich mit ihm heute Nachmittag zum Tierarzt, aber er wirkt ganz o.k.". Eine weitere Stunde später kamen Kira und Romeo aus ihren Zimmern. Als sie uns beide so andächtig im Wohnzimmer sitzen sahen, kamen sie näher. Sie entdeckten den Kater, wie er schlafend auf seiner Decke lag und brachen beide in Überraschungsschreie aus: „Vieeektoor!" Und dann Fragen über Fragen. Die wichtigste war: „Wann ist er gekommen?". Meine Antwort darauf: „um 6.00 Uhr wie immer. Die Nächstwichtigste: „wie ist er her gekommen?" Konrads Antwort: „Mit der ersten Fähre".

Die Untersuchung beim Tierarzt erbrachte, dass Viktor gesund, aber erschöpft war. Allerdings stellte Dr.

Bertl fest, dass seine Krallen total abgelaufen waren (Kein Wunder!) und dass er Schonung brauche. Und er gab zu bedenken, dass Viktor schon ein zäher Bursche sei, aber man nicht wissen konnte, was er erlebt habe und sicherlich seien schlimme Dinge dabei gewesen.

Der Alltag kehrt wieder ein

Viktor war so froh, wieder zuhause zu sein, dass er sich kaum vom Haus entfernte. Es war Frühsommer als er zurückkam und er genoss es, die warmen Tage auf seiner Stelle liegend im Garten zu verbringen. Ich saß oft neben ihm auf dem Rasen, streichelte sein gewärmtes Fell, kraulte seinen Nacken, zwirbelte seine Öhrchen, strich mit dem Zeigefinder unter seinem Kinn hin und her und wenn er sich dann herumdrehte, sich streckte und den Bauch zeigte, durfte ich ihn zart mit meiner Hand von einer Seite zur anderen ruckeln. Er schnurrte dann sein Traktorenschnurren und leckte mir mit seinem Schleifpapier-Zünglein leicht die Hand. Ich liebte diese, wahrlich intimen Momente und wir waren beide so entspannt und beseelt, dass ich hätte sterben können vor Glück.

Doch der Kater hatte, davon waren wir überzeugt, von seiner unfreiwilligen Abwesenheit einen psychischen Schaden zurückbehalten. Er war seitdem völlig schreckhaft! Laute Geräusche konnte er noch nie leiden, aber seit seiner Rückkehr zuckte er bei jedem lauten Ton zusammen, sah sich erschrocken um und flüchtete entweder von draußen ins Haus oder vom Haus in den Keller. Auch tiefe, laute Männerstimmen machten ihm seitdem Angst. Als etwas 2 Jahre später ein Handwerker kam, der Aufmaß vom Fußboden im Dachgeschoss nehmen wollte und wir uns gerade unterhielten, kam Viktor die schmale Treppe vom Dachzimmer unter dem First herunter. Er erstarrte, kaum dass er den Schreiner sah und hörte, der eine tiefe sonore Stimme hatte und ein durchaus freundlicher Mann war. Dem Kater stellten sich sämtliche Nackenhaare, er riss die Augen vor Schreck weit auf und duckte sich, als ob er erwarten würde, einen Schlag ab zu bekommen. Herr Keller, so hieß der Schreiner, war verwirrt: „was hat sie denn?" und wollte Viktor locken und schmeicheln. Je näher er ihm kam, desto mehr verzerrte sich das Gesicht des Katers und in seinen Augen war eine Panik, als ob er den Leibhaftigen sehen würde. Ich sagte, „er hat mal was Schlimmes erlebt, seitdem hat er Angst vor Fremden". „Aber mit mir nicht" antwortete Herr Keller und schüttelte immer noch den Kopf, als ich ihn unauffällig in Kiras Zimmer zog, damit Viktor sich durch das Treppenhaus davonmachen und dem furchterregenden Mann entkommen konnte. Vielleicht hatte Herr Keller ihn an einen der Peiniger erinnert, die ihn seinerzeit wahrscheinlich gekidnappt hatten.

Aber noch andere Gewohnheiten veränderten sich. Er gewöhnte sich an, nachts in seinem Katzenkorb zu schlafen, vermutlich fühlte er sich in dieser Schlafhöhle sicherer als auf seiner Decke im Wohnzimmer oder gar draußen.

Die Nachtspaziergänge und seinen Aufenthalt draußen in der Nacht nahm er erst nach etwa einem Jahr
wieder auf. Und nur, wenn es wärmer als -2 Grad war.
Wenn es draußen gefror, war auch bei unserem Kater
Schluss mit der Jagd und er zog das warme Haus vor.
In einem Winter, es mag 2005 gewesen sein, hatten wir
mehrere Wochen hohen Schnee liegen und Minusgrade
bis zu -20 Grad. In der Zeit wollte er von Freigang überhaupt nichts wissen. Stattdessen flitzte Viktor kurz raus,
ging mit Todesverachtung, seine Pfoten wie der sprich-
wörtliche Storch im Salat hebend, durch den Schnee im
Garten. Dann schlüpfte er durch den Gartenzaun zu
Annelieses und Manfreds Grundstück und verrichte
dort sein Geschäft. (Indoor wurde das Katzenklo nur in
absoluten Notfällen benutzt.) Er konnte sein Häufchen
aber nur mit Schnee zuscharren, dann lief er - auf kalten
Pfoten - so schnell wie möglich zurück und verlangte
ungeduldig Einlass ins Wohnzimmer, um sich dann mit
unleidigem Gesicht auf seine Decke zu werfen und zu
schlafen.

Der Schnee schmolz und Anneliese traute ihren Augen nicht, als sie ihren Rundgang durch den Garten
machte: Die Beete glichen einem riesigen Katzenklo!
Wegen der Kälte hatte Viktor seine Hinterlassenschaft
nicht in die Erde geschart, sondern nur Schnee darüber gezogen. Oh, Oh, Anneliese war nicht amused! In
unserem Garten - offensichtlich das Wohnzimmer unseres Katers - war kein einziges Häufchen. Hier wollte
er es wohl sauber halten, der schlaue Bursche.

Nun, nach den im vorigen Kapitel geschilderten gefährlichen Episoden, schien Viktor wirklich vorsichtiger und ängstlicher geworden zu sein. Er wurde auch älter und bemerkte sicherlich, dass seine Kräfte langsam, aber doch merklich schwanden. Wenn er auch nicht mehr so weit fortging, und uns so etwas beruhigte, so behielt er es im häuslichen Rahmen unbedingt bei, uns deutlich zu zeigen, was ihm genehm war, was er wollte und was er nicht bereit war, hinzunehmen.

Wenn wir draußen auf der Terrasse aßen und vom Essen ein Stückchen Fleisch, Fisch oder gekochter Schinken übrig war, bekam er etwas ab. Im Wohnzimmer nicht, aber auf der Terrasse. Er liebte es, außer der Reihe ein Leckerli, am besten mit Soße zu bekommen. Und wir freuten uns dann, wenn sich unser Katerchen freute. Bei Manfred und Anneliese hatte sich diese Unart, ein Haustier am Tisch, wenn auch auf der Terrasse, zu füttern, aber nicht breit gemacht. Das heißt, auch wenn sie auf ihrem Terrassentisch katzengeeignete Leckereien stehen hatten, deren Duft Viktor in die Nase stieg, wartete er vergebens darauf, etwas abzukriegen. Das fand er - nachvollziehbar - gar nicht gut. Und so begann er, sich bei Nachbars selbst zu bedienen, indem er auf den gedeckten Tisch sprang und sich von der Schinkenplatte seinen Teil herunterholte. Ich hörte, wie Manfred seinen Unmut äußerte. Später beschwerte er sich über das ungebührliche Verhalten des Katers. Was sollte ich nun tun? Dem Kater Stunden später die Leviten lesen für etwas, an das er sich wahrscheinlich nicht erinnerte? Auch wenn ich der Meinung war, unser Kater verstünde jedes Wort, hielt ich eine verbale, verspätete Strafpredigt wenig sinnvoll. So riet ich unserem Nachbarn, dies doch mit Viktor an Ort und Stelle des Vergehens zu besprechen, bzw. sofort zu reagieren, wenn er dabei war, sich etwas zu nehmen oder auf den Tisch zu springen.

Bei uns auf Tisch und Möbel zu springen, das war Viktor im Haus strengstens verboten und er hielt sich daran. Aber auch wir blieben nicht davon verschont, dass er uns zeigte, wenn er etwas zum K.... fand oder wenn er pissig auf uns war. Katzenbesitzer und Katzenbesitzerinnen werden wissen oder zumindest ahnen, wovon ich schreibe. Dass Katzen unverdauliche Teile ihrer Opfer zusammen mit Gras und sonstigen Speiseresten in Form von Gekröse wieder herauswürgen, ist nicht ungewöhnlich. Dass sie sich im Haus dabei bevorzugt in einem Teppich festkrallen, um eine ergonomisch bessere Stellung für die oben angedeutete Verrichtung zu haben, wissen auch viele. Na gut, ich möchte nicht ins Detail gehen. Die Bescherung erwartete uns jeweils in der Frühe. Zu dieser Tageszeit ist mein Magen nicht der stabilste, außerdem bewirkten meine ausgezeichnet funktionierenden Spiegelneuronen sofort, dass auch mein Magen konvulsive Aktionen startete. Damit das

Malheur nicht noch gedoppelt wurde, griff Konrad beherzt ein und führte mich aus dem Wohnzimmer. Dann betätigte er sich engagiert, mit der Zeit erfahren und effizient an unserem Gabbeh-Teppich als Tatortreiniger.

Bei den verpissten Sofas half auch bestes Putzen nass oder trocken nichts mehr. Dabei hatten wir nur unser Wohnzimmer umgeräumt. Ja, ich sehe vor meinem inneren Auge, euch, liebe Katzenkennerinnen und Katzenkenner grinsen und wissend nicken. Wir wussten seinerzeit wirklich nicht, wie super empfindlich ein vierpfotiger Samttiger reagieren kann, wenn seine gewohnte Ordnung durcheinander gebracht wird. Jetzt wissen wir, dass wir mit dem Umstellen der Sofas einen dicken Lapsus begangen haben. Viktor war jedenfalls stinkesauer! Wir hatten Unordnung in seine Abläufe gebracht. Und das nahm er uns so krumm, dass er uns das Möbelrücken in übel stinkenden Aktionen heimzahlte. Und wie! Er machte das so penetrant, dass wir erstens die Sofas entsorgen mussten und zweitens stellten wir die neu gekauften, in Farbe und Form identischen Sofas (glücklicherweise gab es die noch!) wieder genauso hin wie vor dem Verrücken. Sofort nachdem sie geliefert worden waren, sprang Viktor auf seinen Platz, rollte sich auf seiner Decke, die natürlich schon bereitlag, zusammen und schnurrte. Laut und deutlich konnte ich dabei „geht doch, geht doch, geht doch!" heraushören.

Ruhige Jahre - die Kräfte schwinden

Auch unser ehemals jagdfreudiger, dominanter, kräftiger und eigensinniger Kater wurde älter. Woran wir das merkten? Na ja, immerhin war er inzwischen 15 Jahre alt. Ein Alter, was die Katzen meiner Kindheit nie erreicht hatten. Und er veränderte sich und er änderte sein Verhalten. Er wurde dünner, weil er mehr Zeit mit Schlafen statt mit Jagen verbrachte. Er sprang nicht mehr auf den Balkon, sondern ließ sich die ebenerdige Terrassentür öffnen, selbst die Sprünge über den Gartenzaun gingen nicht mehr so kraftvoll-elegant vor sich. Das heißt - liebe Leserinnen, liebe Leser, ihr ahnt es - seine Kräfte ließen nach und seine Muskulatur baute sich ab. Im Winter blieb er lieber zuhause, die Nächte verbrachte er nicht mehr draußen, sondern auf seiner Decke im Wohnzimmer, so dass für ein dickes Winterfell keine Notwendigkeit mehr war. Auch dies ließ ihn schlanker erscheinen. Und da er nie dazu neigte, mehr zu fressen, als er brauchte, setzte er in der Ruhe auch kein Fett an.

Nach wie vor hatte er seine Lieblingsplätze im Garten. Dort lag er und war selig! Eines Nachmittags aber setzte sich eine alte Amsel neben ihn. In zirka 30 Zentimeter Entfernung saß sie da und beäugte ihn mit ihren zwei kleinen Knopfaugen. Dabei drehte sie ihr Köpfchen hin und her. Als Viktor sie wahrnahm, öffnete er träge ein Auge, man sah ihm an, dass er es am liebsten wieder geschlossen und weiter gedöst hätte. Doch der Kater hatte noch immer seinen Stolz. Er stand auf, reckte sich zu seiner noch möglichen Größe und bewegte sich mit langsamen kleinen Schritten auf die Amsel zu. Diese hüpfte nun ein paar Zentimeter zurück, die Entfernung zwischen ihnen betrug wieder 30 Zentimeter. Nun drehte sich der Kater um und ging ein paar Schritte zurück zu seinem Platz und legte sich wieder hin. Kaum lag er, kam die Amsel trippelnd zurück, dass sich die beiden wieder in ihren Startpositionen befanden, mit zirka 30 Zentimeter Abstand dazwischen. Dies ging in dieser Weise etwas fünf Minuten lang so: Hin und Her, Her und Hin, Hin und Her. Bis sich Viktor schließlich entspannt - sein Kopf auf den Pfoten liegend - einem tiefer wirkenden Schlaf hingab. Die Amsel ließ sich - natürlich in der oben erwähnten Entfernung - nieder, schloss die Augen und schien dann auch zu schlafen oder zumindest zu dösen. Ich konnte die Augen nicht von diesen beiden Tieren lassen. Es war ein warmer Frühsommertag, das Gras war frisch gemäht, die Rosen blühten und um Viktor herum wogten Wolken von grün-gelb blühendem Frauenmantel. Und da lagen die beiden alten Kämpen: fast Seite an Seite, sich beide noch in ihrer Würde behauptend, aber schon lange nicht mehr am Kämpfen interessiert. Stattdessen ließen sie einander in einer Art modus vivendi ihren Platz.

Vom Kater ging keine Bedrohung, vom Amsler keine Furcht aus. Besser gesagt, von Viktor ging keine Bedrohung mehr aus und die Amsel fürchtete sich nicht mehr. Konnte es wirklich sein, dass die beiden erst so alt werden mussten, bis sie sich den Luxus leisten konnten, als Protagonisten des uralten Spiels (nur der Stärkere überlebt), auf ihre Instinkte zu verzichten? In jenem Moment war ich davon überzeugt, dass diesen beiden Tieren tatsächlich etwas Wunderbares widerfuhr. Sie konnten entgegen natürlich angeborener Verhaltensmuster, die sie zu natürlichen Feinden machten, von ihren Rollen abweichen! Viktor erfreute sich, trotz seiner inzwischen deutlichen körperlichen Schwäche, die ihm das Jagen nicht mehr ermöglichte, guter Gesundheit, weil er als Hauskatze von uns versorgt wurde. So konnte er seine Lieblingsplätze genießen und der Amsel gegenüber nur noch ritualisiert seine Dominanz zeigen und sie ansonsten entspannt dulden. Und der Amsel, die unzählige Male hatte flüchten und auf der Hut sein müssen, war es vergönnt, sich zu behaupten und in Ruhe - unbehelligt von Gefahr - da zu verweilen, wo sie es sich ausgesucht hatte. Natürlich war und ist mir klar, dass die beiden Tiere dies alles nicht bewusst taten. Trotzdem schufen sie in ihrer Ruhe und Entspanntheit, mit der sie nebeneinander lagen, ein Bild des Friedens. Ein Bild der Harmonie, das fast etwas Paradiesisches hatte und das mir die Tränen in die Augen trieb.

Zwischen Viktor und Nemo, der rot-weißen Nachbarkatze blieb die biologische Ordnung indes gewahrt. Nemo war inzwischen ein kräftiger Kater geworden, der Viktor allmählich entmachtete. Und dies so schleichend, dass es von einem Tag auf den anderen millimeterweise vonstatten zu gehen schien. Es begann damit, dass er den alten Kater im Garten und auf der Terrasse von Schuhmachers bedrängte. Dies tat er, indem er ihm immer wieder, ohne ihn direkt anzugreifen, sehr nahe kam, so dass Viktor auswich. Oder er verstellte ihm den Weg, dass Viktor sich umdrehte und in „seinen" Garten zurückging. Ohne ersichtliche Kämpfe oder Feindseligkeiten machte Nemo ihm klar, dass er auf Schuhmachers Terrain nicht mehr erwünscht war. Und mit größter Selbstverständlichkeit löste er ihn bei Manfred und Anneliese als „Adoptivkater" ab. Er übernahm seine Pfründe, seinen Hofstaat, seine Annehmlichkeiten dort.

Ob Viktor darüber traurig war? Gekränkt? Sauer? Ich glaube nicht. Allenfalls schien er manchmal etwas erstaunt (dies mag vielleicht eine unzutreffende Deutung sein), wenn ihm Nemo zeigte, dass er nun mehr als nur das Überquerungsrecht in Viktors angestammten Revier beanspruchte. Im Gegenteil, es war es inzwischen so weit gekommen, dass er beim Durchlaufen Viktor manchmal leicht stumpte. Oder er brachte ihn dazu, dass er von seinem Lieblingsplatz aufstand, um ihn passieren zu lassen und sich erst wieder auf den Platz legte, wenn Nemo in Fischers Garten war. Nur die Terrasse war für Nemo tabu. Es war allerdings nicht zu entscheiden, ob sich Viktor noch behauptete oder ob Nemo ihm die Terrasse als „Altgeding" überließ.

Nun, das Altbauernpaar, das ehedem in ein kleines Häuschen neben dem großen Bauernhof umziehen musste, wenn der Hoferbe das Geschäft übernahm oder es im Bauernhaus eine eigene Küche und ein Schlafzimmer zugewiesen bekam, hatte es wahrscheinlich nicht so gut, wie unser Kater, der mit unserem Haus und mit uns eine exzellente Versorgung genoss. Wir freuten uns sehr, dass wir ihn wieder für uns alleine hatten und verwöhnten ihn, so gut es ging. Viktor wurde seinerseits anhänglicher und suchte zunehmend mehr Körperkontakt. Tagsüber miaute er kurz, wann immer jemand an ihm vorbei ging, um sich streicheln zu lassen. Und er hatte nichts mehr dagegen, von uns und den Kindern hochgehoben und auf dem Arm getragen zu werden. Er schaute uns dann mit großen Augen (wie es schien, liebevoll) schnurrend an und wir gingen mit ihm, gurrend und schmeichelnd durchs Zimmer oder den Garten. Dabei drückten wir ihn an uns, wiegten ihn und gaben ihm Kosenamen, als ob er ein kleines Baby wäre.

Abends wartete er, bis Konrad und ich im Wohnzimmer waren, wollte auf den Schoß, nachdem wir uns gesetzt hatten, rollte sich zusammen und ließ sich streicheln. Die alten Rituale - Öhrchen-Zwirbeln, um den Schwanz fassen und diesen mit der Hand hochziehen, ihn hin und her zu schuckeln, wenn er sich auf den Rücken legte, ihn unter dem Kinn hin und her zu streichen - behielten wir bei.

Sobald jemand zuhause war, suchte er die Nähe - er mochte nicht mehr alleine sein. Dies ging so weit, dass er nach draußen wollte, wenn wir zur Arbeit oder zur Schule gingen und vor der Haustür sitzen blieb. Da schaute er, wer vorbeiging, fauchte ab und zu nach einem Hund, machte einen Rundgang zum Garten hinter dem Haus, ging wieder zurück und beobachtete das Geschehen in der Siegfriedstraße. Wir wunderten uns immer wieder, wer von den Nachbarn, unseren Kater kannte und sogar seinen Namen wusste. Er war unzweifelhaft in Kontakt mit den Leuten, die vorübergingen und erstaunlicherweise auch noch als er so gut wie nichts mehr hörte und sah.

Viktor wird richtig alt

Mit Viktors Schwerhörigkeit waren wir anfangs eigentlich ganz zufrieden, weil er nicht mehr so schreckhaft war und entspannter wurde. Allerdings musste er das fehlende Gehör immer mehr mit seinem Sehsinn ausgleichen. Wir sahen, wie er mehrmals nach rechts und nach links schaute, bevor er über die Straße lief. Als seine Augen auch nachließen, engte er seinen Aktionsradius ein, um die Gefährdungsmomente zu verringern.

Zuhause merkten wir ihm nicht an, dass er schlechter, ja zum Schluss wahrscheinlich kaum noch irgendetwas sah oder hörte. Er kannte das Haus und seine Wege, er erkannte jeden von uns und er hatte seine festen Gewohnheiten. Er war da und gehörte zu unserem Leben und unseren Abläufen. Dass er irgendwann nicht mehr bei uns sein würde, konnten wir uns gar nicht vorstellen. Entsprechend befremdet reagierten wir, wenn Besuch kam und feststellte: "Euer Viktor ist ja schon arg alt, nicht wahr?" Darauf sagten wir: „Ja, aber er ist noch topfit." Dass das nicht sein konnte, zeigte er uns mit seinen Einschränkungen deutlich, aber wir wollten sie einfach nicht wahrhaben!

Mit der Zeit - Viktor war inzwischen 17 Jahre alt - ließ es sich nicht mehr leugnen, dass er unzweifelhaft zum Senior wurde. Und zunehmend dement und von uns abhängig. Wahrscheinlich begann es, als er nichts mehr hörte und nur noch wenig sah. Er muss sich isoliert gefühlt haben und unteraktiviert. So erklärten wir es uns, als der Kater, sobald er allein war und zu uns keinen direkten Kontakt hatte, zu schreien begann. „Schreien" traf es nicht so richtig, es hörte sich eher an wie ein Röhren. So wie Hirsche während der Brunftzeit röhren. Die Lautstärke war durchaus vergleichbar. Wenn wir nachhause kamen und uns der Siegfriedstraße näherten, konnten wir unseren Kater schon hören, wenn wir noch einen halben Kilometer entfernt waren: Er röhrte laut und herzzerreißend! Aber auch so martialisch, dass wir uns für ihn vor den Nachbarn schämten und dass wir Angst um ihn bekamen, dass die Nachbarn genervt sein könnten und mit ihm die Geduld verlieren würden. Taten sie aber nicht! Sie duldeten es, ohne uns je darauf anzusprechen. Als etwas „tiermenschliches", was hinzunehmen ist, wie man Kindergeschrei hinnimmt oder das laute Skandieren des Rosenkranzes in der Nacht, wenn die 95jährige Nachbarin nachts nicht schlafen konnte.

Wenn wir zuhause waren, nahmen wir Viktor zu uns. Kira legte ihn zu sich auf die Couch. Romeo gab ihm einen Platz auf seinem Schreibtisch vor der Heizung oder auf seinem Bett. Wir hatten ihn im Wohnzimmer bei uns und hoben ihn vom Boden hoch, selber springen konnte er in den letzten 2 Jahren nicht mehr. Nachts schlief er im Wohnzimmer auf seiner Decke. Längst hatte er sich im Wach-Schlaf-Rhythmus dem unseren angeglichen. Meist schlief er nachts wie wir.

Doch wenn er aufwachte, ließ er seine röhrenden Schreie so lange ertönen, bis jemand von uns aus dem Schlafzimmer kam, ihn streichelte und tröstete und er dann beruhigt wieder einschlief.

Wenn ich tagsüber zuhause war, setzte ich mich manchmal zu ihm auf die große Treppenstufe vor der Haustür und dann schauten wir gemeinsam, wer vorbeiging und was in der Siegfriedstraße, in der es ruhig geworden war, weil die meisten Kinder erwachsen wurden, so vor sich ging.

Als betagter Opa-Kater von nun 19 Jahren brachte Viktor dann noch ein Schelmenstück zustande, was mir überaus peinlich war und mich an seine wilden Jahre erinnerte. Es passierte folgendes: Susi, die vorne erwähnte und beschriebene Dackeldame kam mit ihrem Frauchen auf unser Haus zu. Susi war inzwischen auch deutlich erkennbar grau und behäbig rund geworden, stellte aber den bekannten Spruch unter Beweis: „Alter schützt vor Torheit nicht", indem sie schwanzwedelnd auf Viktor zu tapperte. Wie sich die beiden alten Semester erkannten - beide blind und taub - fragt mich nicht, liebe Leser, ich habe keine Ahnung.

Auf jeden Fall spielten sie das altbekannte Spiel: Susi wedelte Viktor an, der seinerseits zurückfauchte, es aber unterließ, ihr seine Krallen in ihre empfindliche Nase zu hauen. Ich atmete erleichtert auf. Die Nachbarin zog Susi zurück und schalt sie: „Lass den Viktor in Ruhe, du weißt, er kann's nicht haben!" Und so dachten wir, dass die Sache zwischen den beiden nun geklärt war. Doch weit gefehlt! Viktor hatte sich an den Hauswänden entlang geschlichen und sich davon gemacht, so dass ich fälschlicherweise annahm, er würde in den Garten hinter unser Haus gehen. Um dahin zu gelangen, musste er, da wir in einem Reihenmittelhaus wohnten, um das linke Nachbarhaus herumlaufen. Dass der Kater anderes im Sinn hatte, wurde mir erst klar, als ich Susi, die mit Frauchen weiter spaziert war, laut kreischen hörte. Ich rannte hin. Was ich sah, konnte ich überhaupt nicht glauben! Unser seniler Katzengreis musste ihr aufgelauert haben, um dann auf sie zu springen und ihr seine Hauer ins Genick zu schlagen. Entsetzt zerrte ich ihn von Susi herunter und entschuldigte mich vielmals.

Die Nachbarin wiederum wehrte sämtliche Entschuldigungen ab und schimpfte erneut mit Susi wegen deren Unbelehrbarkeit: „Du dummer Hund, wann wirst du endlich kapieren, dass du bei Viktor nicht landen kannst. Er kann dich nicht leiden, lass es dir endlich gesagt sein!" Dann trotteten die beiden davon. Wir beide, Viktor und ich, gingen auch nach Hause. Ich schüttelte den Kopf, sobald mir das Bild der unnötigen Aktion vor Augen kam. Und Viktor? Der tat, als ob nichts gewesen wäre.

Es geht zu Ende

Die Susi-Attacke war Viktors allerletzte expansive Macho-Demonstration. Damit schien er alles, was er noch an Angriffslust und Ressentiments gehabt hatte, ausgeschöpft zu haben. Ab da wurde er unumkehrbar zum alten Tattergreis. Er ging jetzt ins zwanzigste Jahr. Für eine Katze ein wirkliches Methusalem-Alter.

Kira und Romeo waren aus dem Haus, Konrad arbeitsmäßig viel unterwegs und so genossen Viktor und ich, dass wir uns noch hatten. Der einst so kräftige und eigenständige Kater war nur noch lieb. Lieb und mit allem zufrieden, nein, das ist nicht der richtige Ausdruck. Vielmehr schien er in einer beseelten Art zutiefst ruhig und glücklich zu sein, wenn er spürte, dass jemand von uns bei ihm war und er nicht allein sein musste. Schnurren tat er nicht mehr, das schien ihm zu anstrengend oder seiner Lage nicht mehr angemessen zu sein. Vielmehr verströmte er ein dichtes, warmes Gefühl des Wohlbefindens, wenn wir ihm über seinen inzwischen sehr mageren Körper streichelten, seine Öhrchen durfte ich noch zart zwirbeln, sein Köpfchen streckte er mir immer noch entgegen, so dass ich leicht unter seinem Kinn hin und her streichen durfte.

Ihn hochzuheben, das ging nicht mehr. Vermutlich schmerzten ihn seine, inzwischen alt und mürbe gewordenen Knöchelchen, die, bedeckt vom dünn gewordenen, struppigen Fell, spitz hervorstanden. Aber er fraß noch, trank aus seinem Wasserschüsselchen und setzte in seinem Katzenklo ab. Dazu ging er jedes Mal die Kellertreppe hinunter und mühte sich wieder hinauf. Vor der Katzenklappe blieb er zum Schluss stehen und wartete, bis wir ihm die Tür öffneten. Sein nun kleines, knochiges Köpfchen gegen die Plastikscheibe zu drücken und sich durch die geöffnete Klappe zu zwängen, war ihm zu einer großen Anstrengung geworden. Und so gewöhnten wir uns an, ihn im Auge zu behalten und ihm so gut es ging, bei den täglichen Erfordernissen für die er sich hin- und her bewegen musste, zu helfen. Am liebsten lag er auf seiner Decke und mochte es gern, wenn wir in seiner Nähe waren.

So ging es noch ein paar Monate lang. Obwohl wir natürlich sahen, dass es für ihn beschwerlich geworden war, erlebten wir ihn als zufrieden und hatten nicht den Eindruck, dass er litt oder dass ihm etwas weh tat. Und er blickte uns, wann immer wir in seiner Nähe waren, mit seinen stumpfen, blinden Augen in großer Dankbarkeit und Liebe an. Es brach mir fast das Herz, wenn ich daran denken musste, wie lange es wohl noch gehen würde, bis wir ihm weitere Verschlechterungen in seinem nun sehr eingeschränkten Katzenleben nicht mehr zumuten durften.

Es war ein Morgen Ende Juni, als es dann soweit war. Und es kam so plötzlich, klar und so unbedingt, dass es keiner Entscheidung mehr bedurfte, dass wir

Viktor erlösen mussten, weil es zu mühsam für ihn geworden war. Er war zwar immer wieder zu seinem Napf gegangen, hatte kleine Mengen gegessen und getrunken, aber er konnte nichts mehr in seiner Kiste absetzen. Obwohl er es immer wieder versuchte, blieb die Katzenstreu leer und trocken. Gleichzeitig bläht sich sein Bauch auf. Mir war klar, dass seine Nieren nicht mehr arbeiteten und sein Darm auch nicht mehr funktionierte. Und nun war Viktors Blick traurig und müde. In seinem Leib hatte er so viel Wasser und Kot gesammelt, dass er sich kaum noch bewegen konnte.

Ich rief Dr. Bertl an und schilderte ihm, wie es Viktor ging. Sofort fragte er, ob wir gleich kommen wollten. An dem Tag hatte ich so viele Termine, die ich nicht absagen konnte und, was viel mehr zählte, es würde zu schnell für mich sein! Ich brauchte noch ein wenig Zeit, um mich darauf vorzubereiten, dass wir unser Katerchen hergeben mussten. So verabredete ich, dass ich am nächsten Morgen mit ihm zu Dr. Bertls Praxis kommen würde.

Die Nacht wollte nicht vorübergehen, ich wälzte mich hin und her, wachte immer wieder auf und mein Herz tat mir weh. Obwohl in mir alles schmerzte, war kein Zweifel an meiner Entscheidung aufgekommen, Viktor einschläfern zu lassen. Ich spürte einfach, dass es notwendig geworden war, für Viktor „die Not wendend"!

Das arme Tier lag am nächsten Morgen mit trüben Augen auf seiner Decke. Er konnte nicht aufstehen, so sehr hatte sich sein Bauch noch vergrößert. Als ich mich zu ihm hockte, miaute er ganz leise und voller Jammer. Ich wagte nicht, ihn anzufassen, streichelte ihn so zart über die Öhrchen, dass ich ihn kaum berührte. Trotzdem schien es ihm wehzutun.

Romeo, der wusste, dass ich zum Tierarzt fahren würde, sah mir schweigend zu, als ich Viktors Transportkiste aus dem Keller holte. „Gehst du mit?" fragte ich ihn. Romeo schüttelte den Kopf. „Nein, Mama, das kann ich nicht!" Ich seufzte, also würden Viktor und ich uns allein auf den schweren Weg machen müssen. Den Korb polsterte ich mit einem großen Handtuch aus. Dann hob ich den Kater vorsichtig hoch und setzte ihn in den Korb. Es kam nicht die geringste Gegenwehr. Im Auto hörte ich kein lautes Klagen, sondern nur ein leises Miauen, das wie ein sehr stilles Weinen klang.

Ob Viktor wusste, dass er auf seinem letzten Weg war? Ich glaube nicht. Aber er hatte, wie immer, große Angst. Und an einem Geräusch, das klang, als ob etwas Schweres ins Rutschen geraten war und einem entsprechenden Geruch, erkannte ich, dass sich Viktor einer großen Last entledigen konnte. Nun maunzte er kläglich, ich wusste, dass ihm solche Malheurs ganz arg waren. Mit meinem rechten Zeigefinger, den ich in den Korb zu ihm streckte und mit gutem Zureden versuchte ich ihn zu trösten und versprach ihm, ihn gleich sauber zu machen. Vor Dr. Bertls Haus hielt ich an, ging ums Auto und hob die Transportbox vorsichtig vom Beifahrersitz. Auf der Außentreppe stellte ich den Korb ab und öffnete ihn. Der arme Kater saß erbärmlich zusammengekauert darin und versuchte sich in eine Ecke zu drücken und von seinem Malheur wegzukommen, um sich nicht noch mehr zu beschmutzen. „Du armes Kerlchen", sagte ich zu ihm und hob ihn heraus, „das ist doch gar nicht schlimm, ich wasche dich gleich ab!" Das verschmutze Handtuch konnte ich in einer Mülltonne, die im Hof stand, entsorgen. Dann ging ich in die Praxistoilette (glücklicherweise außerhalb), nahm Papiertücher, die ich nass machen konnte und kehrte zu Viktor zurück, der immer noch zerknirscht auf der Treppe saß. Er war nun entleert und sichtlich erschöpft, der Bauch war ganz dünn geworden. Vorsichtig wusch ich ihm die beschmutzten Stellen ab und rieb ihn trocken. Unwillkürlich fiel mir ein, dass in allen Kulturen, die ich kenne, es ein zwingend notwendiges Ritual ist, einen Menschen zu waschen, bevor er sich auf seine letzte Reise begibt. Wahrscheinlich kam das dringende Bedürfnis, Viktor sauber zu machen, daher. Ich hätte es mir nicht vorstellen können, den Kater unsauber zu Dr. Bertl zu bringen. Und ich hätte es Viktor nicht zumuten können, ihn, in der von ihm als sichtlich unangenehm empfundenen Verfassung zu belassen, wenn es galt, von ihm Abschied zu nehmen. Nein, in der Situation sollte er sich wohlfühlen. Ob solche Gedanken sentimental waren? Ob ihn meine Waschung vermenschlichte? Ob ich mich damit lächerlich machte? Vor wem sollte ich mich genieren oder gar rechtfertigen müssen? In dem Moment, auf den Stufen im Hof von Dr. Bertl, an einem wunderbaren Frühsommermorgen, an dem ich meinen geliebten Kater zum Einschläfern brachte, um ihm weiteres Siechen zu ersparen, gab es nur dieses wunderbare Tier, das 20 Jahre lang unser Leben bereichert hatte - und mich. Und wir beide sollten es in diesem Moment so gut wie möglich haben. Viktor hatte es angeregt, gewaschen zu werden und die Entleerung hatte ihm gutgetan. Sein Blick war heller, sein Fell wirkte glatter und er machte sich auf, davon zu laufen. Diese Aktivität gab ihm eine zusätzliche Würde und eine letzte Autonomie, die mich sehr anrührte und mir zum letzten Mal sagte: „Mit diesem Kater erlebt man immer wieder Überraschungen!" Ich hob ihn zärtlich auf den Arm, flüsterte ihm ins Ohr „bange machen gilt jetzt nicht!" und ging mit ihm ins Wartezimmer, wo uns Dr. Bertl schon erwartete. Außer uns war niemand da! Der Tierarzt begrüßte uns mit den Worten: „Jetzt ist es also soweit." Ich nickte und folgte ihm in den Behandlungsraum.

Dort setzte ich Viktor auf den Behandlungstisch. Die Tränen liefen mir die Wangen hinunter und tropften auf das Vlies, das Dr. Bertl aufgelegt hatte. Er strich dem Kater über den Kopf und sagte: „Es wird ganz schnell gehen, mein Guter, du wirst nichts spüren, es ist gleich vorbei!" Und zu mir sagte er: „Die Menge, die ich ihm spritzen werde, ist so hoch, dass er es gleich überstanden hat".

Viktor lag jetzt ganz ruhig da. Ruhig und entspannt hatte er seine Beine von sich gestreckt. Sein Schwanz lag platt auf der Liege. Nicht einmal die Schwanzspitze rührte sich. Mit ihr hatte er immer unmissverständlich auf den Boden geschlagen, wenn ihm etwas gegen den Strich gegangen ist.

Doch nun lag er einfach ruhig da. Ergeben. Ja, das Tier hatte sich dem Unvermeidlichen ergeben. Er blickte mich noch einmal an. Neutral würde ich sagen. Sein Blick drückte nichts mehr aus. Er hatte sich bereits zurückgezogen. Dann schloss er seine Augen. Ich hatte meine linke Hand unter seinen Kopf gelegt, mit der rechten streichelte ich ihn, sagen konnte ich nichts. Als Dr. Bertl die Spritze ansetzte und das Gift in den Körper des Katers drückte, blieb Viktor so ruhig, als ob nichts geschehen wäre. Dann seufzte er kurz und atmete noch einmal ganz tief. Und dann war alles still. Ich weinte immer noch. Herr Bertl sagte: „ich lasse sie jetzt einen Moment allein", dann ging er leise hinaus. Da lag er, unser Kater - erlöst. Und auch in mir löste sich die Anspannung. Ich strich ihm über seinen Rücken, das Fall glänzte nun wieder und war glatt. Ich kraulte seine Stirn mit der schönen Tigerzeichnung und zwirbelte zum letzten Mal seine Ohren. Dann konnte ich auch tief durchatmen und es wurde mir leichter. Dr. Bertl kam wieder herein, half mir das Tier in die Katzenbox zu legen und gab mir die Hand. Zum Abschied sagte er „alles Gute, wir werden uns so bald nicht wieder sehen". Ich nickte und ging.

Zuhause angekommen stand Romeo bereits am Fenster und erwartete uns. Als er uns sah, rannte er in den Keller und holte den Spaten. Viktors Körper legte ich auf weiches Küchenkrepp, in eine große Schuhschachtel. Ein letztes Mal strich ich ihm über Kopf und Fell. Dann schloss ich den Deckel.

„Wo willst du ihn begraben?" fragte Romeo. Ich zeigte auf die Stelle im Blumenbeet neben der unser Katerchen so gern gelegen hatte. Am allerliebsten im Frühsommer, wenn es noch nicht heiß, aber schon schön warm war, voller Wonne und Seligkeit.

„Wie tief?" fragte Romeo dann. „Einen Meter" antwortete ich und stand neben ihm und sah ihm zu, wie er mit großen Stichen die Erde zerteilte und aushob. Als das Loch tief genug war, holte ich die Schuhschachtel, stellte sie vorsichtig auf den Grund und Romeo schaufelte das Loch wieder zu. Wir verdichteten die Erde, machten wieder Ordnung und gingen ins Haus, ohne zu sprechen.

Am nächsten Tag kaufte ich bei der Gärtnerei Schimmel ein Rosenstämmchen und setzte es an die Stelle, wo wir Viktor begraben hatten. „Leonardo da Vinci" blüht seitdem in wunderbarem Rosa mehrmals im Jahr. Zu unserer Freude und zu seinem Andenken.

Ohne Viktor

Bis heute vermisse ich den Kater. Anfangs hat er geradezu körperlich, ja physikalisch gefehlt. Ja, es war, als ob eine Art spürbare Energie, die mit ihm gewesen war, verschwunden ist und er eine große Lücke hinterlassen hat. Dann hat das Fehlen seiner Abläufe, die in unseren Tag verwoben waren, uns zum Innehalten gebracht und dazu, ihn zu vermissen. Nachbarn, die wir selbst kaum kannten, fragten nach ihm. Sie vermissten ihn, wenn sie am Haus vorbeigingen, als er nicht mehr an der Tür saß. Tierfreunde kondolierten uns. Wir waren sehr traurig. Das Katzenfutter habe ich bald verschenkt, das Katzenklo entsorgt.

Aber bis heute fühle ich seine Öhrchen, die ich gezwirbelt habe, sein weiches Fell und seinen aufgerichteten Schwanz, den ich durch meine rechte Hand ziehen durfte. Und wenn es zu Martini und zu Weihnachten eine Gans gibt und ich sie wasche und dabei den Plastikbeutel mit den Innereien in der Hand habe, dann sehe ich unseren Viktor vor Augen und sage ihm „Schade, dass du nicht mehr da bist, jetzt hättest du wieder deinen Anteil gekriegt". Und dann höre ich ihn ganz leise maunzen.